スーパームーンの夜に

髙科　幸子
TAKASHINA Yukiko

文芸社

目次

ふたりのお兄さん

水のような空の色、お昼少し前。ふと奥の広い座敷を見る。

部屋の襖は開いていて、細い木の廊下の向こう側の、中庭に面したガラス戸も開け放してある。

中庭から草木の香りが風に運ばれて座敷に入ってくる。

畳の真ん中で、おもちゃ箱からブリキのロボットや車を取り出しては並べて、ひとつ下の弟が遊んでいる。

この子はときどき本当に真剣に遊ぶことがある。

そうすると、もうなにも見えない、聞こえない。

そんなときに声をかけたとしても、弟はまったく覚えていない。あとから聞いても「知らない」と言う。絶対にわたしは言ったのに「言っていない」と言う。ちょっと腹が立つけれど、でもこの子は真剣に遊びに集中しているのでそうなるのだ。少しうらやましくもある。

海へ貝を取りに家族で行ったときのこと。弟は捕まえたヤドカリを一所懸命工夫して殻から取り出した。

「あ！」

殻から一メートルくらい引き離されたヤドカリは、あたふたと殻に戻った。

一瞬のことだった。

たまたま目にしたわたしは運がよかったのだ。なぜならヤドカリのそんな姿を見たのは、そのとき一度きりだったから。あたふたと、とてもかわいかった。

去年の夏のこと。

庭でアリの行列を見つけ、少しの間見ていたのだけれど、やがて、母に空のガラスの瓶をもらい、中に土を入れ、くぼみをつくり、そこへ食べ物になる砂糖を入れ、土の中に埋めた。

真夏の炎天下、どうなるのかを延々と観察していたことがある。

しばらくして取り出し、見せてもらったら、透明の土詰め瓶の中に、細いアリの通路がたくさんできていて、アリはせっせと砂糖を運んでいた。

面白い！　すごいな、と思った。

わたしとは遊びかたが違う。

わたしはいろいろなものを観察しながら、あるいは考えながら、散歩や散策をするのが好きなのだけれど、弟は真剣に目の前のことに取り組む。

でも、そんなふうに真剣でいるときが、「わたしの遊び」に行くチャンスだ。

柱に手を添え、座敷で一所懸命、ヤドカリの前や横に障害物を置いたりしてためして遊んでいる弟をもう一度確かめると、そっとそこを離れた。

今日はひとりで外へ行くのだ。

だっていつも、

「ねえ、どうしてひとりで行っちゃうの？　僕も連れて行ってよ」

母も、

「連れて行ってあげなさい、お姉さんでしょ」

だもの。

だからできるだけ静かに出かけないと。

玄関の上がりはなで足を伸ばし、靴を履く。そこでもう一度振り向いて、追いかけてこないことを確認し、そっと戸を開ける。

ガラ……ガラ……。

涼しい風が吹いてくる。左の方から吹いてくる。

なんて気持ちがよいのかしらと、そちらへ顔を向けながら向かう。

細い石の階段を五、六段上がったところに隣の門がある。

たいていは閉まっているのだけれど、門と植え込みの木の間が少し空いていることを知っているので、そこから体を横にしてすり抜けて入る。

あたりは低木が何本も植えてあり、きれいな花が咲いている。その向こうに家があり、さらに奥に背の高い木が何本も林のように立っている。

あそこはどうなっているのかしら。

わたしは知らない。すぐそこにあるのに。

だっていつもそこへたどり着く前に人に見つかりそうになるから、行くことができないのだもの。

低木の間をすり抜けて、花のことも気になるけれどあとにして、今日こそはと奥の林のようなところへ向かう。

「あれ？」

でもそのうちに、小さな子の背丈には低木の高さもまるで巨木のようで、どちらへ行けばよいのかわからなくなってしまった。

どうしようと思っていると、

「くすくすくす」

笑い声が聞こえたような気がした。

少し背伸びをして前を見ると、ふたりのお兄さんがこちらを見ている。

ひとりは少し大きなお兄さん。両手を膝の上あたりに当て、ちょっとかがんでいる。

もうひとりは、少し後ろでむすっとした顔でこちらを見ている。

大きい方のお兄さんが、

「どうしたの。出られなくなったの。こっちだよ」

と手を差し伸べてくれた。

わたしはその手につかまりながら、低木の迷路の中からようやく出ることができた。

「隣の子？」

こくん、とわたし。

その日はその庭で三人で遊んだ。

入り口は細い石の段が数段あり、両脇は低木で囲まれていて狭そうなのに、奥へ行くほど深く広くなっている。どこまでも広がる不思議な庭だった。

あの木々の向こう側にはなにがあるのかな。

大きい方のお兄さんが、わたしの家の方向を見ながら、

「あそこの細い木戸から入っていくの？」

こくんとうなずく。

『そう、あそこがわたしの家なの』

それからは毎日、同じような時間帯になると、

「ゆーきーちゃん」

呼びに来てくれるようになった。

戸外で、家の中で、どこでもわたしたちは遊んだ。


家の中で遊ぶとき、お兄さんたちは、わたしの弟とときどきケンカをする。

「あ！　こら」

お兄さんの持っていたおもちゃを弟が取ろうとしたので怒られた。（もともとは弟のだけれど）

「うぎゃー」弟が泣いて母のところへ飛んでいく。

母は「小さな子なんだから」と注意しに来る。

少ししゅんとしながらも大きい方のお兄さんは、からくり式の時計を持ってわたしのところへやって来る。

「これ、どうやるの？」

「ここのとこ、押すの」と小さなボタンを指さす。

ああそうか、とボタンを押して、カラカラ出てくる小さな人形を面白そうに見ている。

父がいろいろなところで珍しいものを見つけると買ってくるのだ。

幾重にもなった美しい箱や、どこから開けるのだかわからないモザイク柄のからくり式入れ物。

そういうものが棚や机の上に置いてある。

それをひとつずつ手に取っては見て試しているお兄さんたち。

わたしもなにかしようかなと思いながら、ふと本棚を見る。

「海辺の貝の図鑑」

青い濃淡の背表紙に白い文字で書かれてある。母に買ってもらったものだ。

ザー。

耳の奥に波の音がする。

いつかどこかで見た青い海。

それと同じ色の空。

白い雲。

どこまでも広がる青い背表紙、本から広がる海の感じ。

本棚から取り出し、開くと、ちょうど一番好きな貝のところになった。いつもそればかり見ているので、開き跡が付いていたのかも。

「ほね貝だね」

いつのまにか大きい方のお兄さんが、こちらを見ていた。

「一番、好きなの」

「うん、ぼくも。綺麗だね」

次のページ、めくると、ツノガイ、サトウガイ、シラスナガイ、ナガニシ、イタヤガイ、白い星のようなヒトデ。

その下に桜貝が砂の上に散りばめられていた。

「花びらみたいだね」

一通り見て本をしまい、みんなで外へ行く。

変わった形の葉っぱの名前を教えてくれたり、小さな実を取ってくれたり、罠を作ったり。

いつもいろいろなことを教えてくれて、とてもやさしい。

わたしには一度も怒ったことがない。


「なんの虫が一番好き？」

あるとき、あまり話さない小さい方のお兄さんが聞いた。

わたしは当時タマムシが好きだった。美しいグリーンがとても魅力的で。

「タマムシ」

そう言うと、お兄さんは黙って聞いていた。

次の日、遊びに来てくれたときに、手に持っていたのは虫取り網。

もう少し暑くならないと虫はいないんじゃないかな、と思ったわたし。

そんなわたしたちを見て、クスッ、と笑っている大きい方のお兄さん。

そしてふと思い出したように、

「あ、そういえば、きれいな貝殻、持ってくるんだった。ゆきちゃんにあげようと思って、この間、親戚の家の近くの海へ行ったものだから取って来たんだよ。でもね、半分くらいあげてしまったんだ。その人。海にいた人にね。浅いところの水につかって海の向こうの方を見ていたんだよ、その人。大きな人だったのだけれど、ゆきちゃんにとてもよく似ていたものだから」


わたしに似た人どんなかな?

その人にあげた貝殻どんなかな?


あるとき、空にぼんやり薄い三日月が見えたので、

「昼の月、今日はいつものよりきれい」

と、ぽつんとつぶやくと、大きい方のお兄さんが、

「二月にね、『スーパームーン』だったんだよ」

と言った。

「スーパームーンの日ってね、一年のうちで月が地球にもっとも近づく日なんだって。満月がね、すごく大きくて、光っていて、とってもきれいだったんだよ。もっと高い山の上から見たら、もっと月に近くなるよね。それってどんな感じかな?」

「僕のおばあさんのところ、ほら、すぐ隣のあそこだよ。裏の林を抜けて行くと、ぽっかり空いた草原に出るんだって。地面が少し高くなっているものだから、周りの家が下の方にあってね。月がよく見えるんだって。とってもはっきり大きく。春の初めにね、桃の花が一面に咲いていて、桃源郷のようだとおじいさんが言っていたよ。二月は、星の海みたいなんだって。僕たちもまだそこまで行ったことはないんだ。もう少し大きくなったらねっておじいさんが言っているんだ。月に近いってどんな感じかな」

「今度三人で……あ」

お兄さんの動きが止まった。

なんだろうと見ていると、

「もう少しすると、僕たち、お父さんの転勤でしばらく遠くへ行かなければいけないんだった」

『遠くへ行ってしまうの？』

「遠いんだって……」

　ぽつんとそう言い、目線が少し下へ行く大きなお兄さん。

『それはどこ。どういうこと？』

『今とは違うふうになってしまうということ……』

　なんだか考えられない気がして、わたしはお兄さんの言葉を遠くの音のように聞いていた。

「十三年間だって。そうしたらずいぶん大きくなっているよね。でも十三年たったらまたここへ帰って来るからね。そうしたら――……」

　お兄さんが言ったその次の言葉――に、わたしは口をきゅっと結んでうなずいた。

『うん。きっとだよ。それはとっても素敵なことだと思う』

　わたしたちは、そんなふうに毎日過ごしていた。

今日から明日、明後日と、ずっとずっと、続いていくと思っていた。

それはとても穏やかで素敵な時間だった。わたしは静かにうれしかった。


あるとき、いつものように遊びに来てくれたお兄さんたち。

その日、こんなふうに言った。

「あのね、隣町にね、お祭りがあって、金魚も出ているんだって」

大きい方のお兄さんがちょっとかがんで、わたしと同じ目の高さで話して教えてくれた。

「連れて行ってあげようか」

こくんとうなずく、わたし。

金魚が泳ぐのを見るのって好きなんだもの。

すぐに出発した。

ふたりのお兄さんとわたし、弟もついてきた。

お兄さんたちはゆっくりと歩いてくれた。わたしがまだ小さくて遅いから、合わせてくれたのだ。
どのくらい歩いただろうか、なんだかどんどん歩くのが遅くなってきたみたいだ。
「だいじょうぶ？　疲れた？」
と大きい方のお兄さんが聞いてくれたから、そのことに気が付いた。疲れたのだ、
わたしは。でもまだだいじょうぶと思ったけれど、
「おんぶしてあげようか」と言って、ほら、と背中を向けてくれた。
わたしが背に乗ると、よっ、と上げてお兄さんは歩く。
お兄さんの背中はお父さんのよりも小さかったけれど、でもとても楽だった。
しばらく行くと少し離れて歩いていた弟が、
「僕もーつかれたー」とぐずりだしたが、
「自分で歩きなさい」
とお兄さんに言われて、口をとがらせ、しぶしぶ歩いた。
『いつもお母さんに抱っこされているんだもの。たまにはいいじゃない』
隣にいる少し小さい方のお兄さんもなんだか口をとがらせている。

どうしたのかとそちらを向くと、

「僕もおんぶする！」

と怒ったように言った。

「だいじょうぶかな。できるかな。少しだけだよ」

今度は少し小さい方のお兄さんの背中におぶられて、進む。

でも、小さい方のお兄さんの背中はなんだか狭くて、すぐにずり落ちてしまう。

何度もおぶり直されたので、たまらず、

「もういい」

とわたしが降りると、余計に口をとがらせた。

くすっと笑う大きい方のお兄さんに、手を引いてもらいながら歩く。

「もう少しだからね」

ときどきかがんでそう言ってくれる。

しばらく歩いていくと、向こうの方に、わいわいがやがや、にぎやかな人だかりが見えてきた。

お祭りだ。大きな幕もかかっている。ここが隣町なのだ、と思った。

白いなにかが上からひらひらと舞ってきた。

見上げると、

「桜」

幾重にも次から次へと舞ってくる。

それはとても美しかった。

じっと見ていると、花の中で誰かが微笑んでいる気がした。

「どうしたの？」

大きい方のお兄さんに聞かれて、わたしは指を差した。

「あそこで誰かが」

小さい方のお兄さんもじっと見ている。

大きい方のお兄さんは首を傾げて、

「誰もいないよ。ほら、こっちに金魚がいるよ」

大きい方のお兄さんに言われ、わたしはそちらへ向かう。

小さい方のお兄さんはまだ見ている。見ながらこちらへ足を向ける。

お日様の中、てくてく歩いて疲れたけれど、冷たい水の中でゆらゆら泳ぐ赤や黒やいろいろな色の金魚は涼しげで、とても気持ちよさそうだった。

綿飴も、風船も、りんご飴も、いろいろあった。みんなで見て回った。お金を持っていなかったし、ただ見て回った。

それらはみなキラキラしているようで、とても素敵だった。

金魚のところへ戻って、また、ゆらゆら泳いでいるのを見ていると、

「ゆきちゃん、ゆきちゃんだね？」

後ろから声をかけられた。振り向くと、おまわりさんだった。

「お母さんが心配しているよ。さあ、帰ろうね」

わたしは、こくんとうなずいたけれど、

『どうして心配しているのかな』

わからなかった。

帰りは、わたしひとりだけおまわりさんの自転車の後ろに乗せてもらって、また来た道を戻った。お兄さんたちと弟は歩いた。

もうすぐ家というときに、おまわりさんはわたしを抱っこで降ろしてくれた。

母や近所の人たちが心配して騒いでいるのが見えた。

「あ！　よかった、帰ってきた」

誰かが言った。

母が、すぐに駆け寄ってきた。そしてほっとした表情。

向こうの方ではお兄さんたちが母親に叱られている。

「小さな女の子を連れて行ってはダメじゃない」

そんなふうに聞こえた。

お兄さんたちはきょとんとしている。

どうして自分たちが叱られているのか、よくわからないみたいだった。

そのまま連れられて家へ入っていった。

わたしも母と家に入っていく。その寸前、お兄さんたちの祖母が目に入った。

彼女は、なんだか心配そうな悲しそうななんとも言えない表情でこちらを見ている。

そのすぐ後ろ、玄関の戸のところで背の高い和服姿の祖父らしき人もこちらを見ていた。

丸い眼鏡が光っていて表情はよくわからない。

次の日、いつものようにお兄さんたちが呼びに来る時間になっても、声がない。

へんだなあ、と今日はわたしから行くことにした。

お兄さんたちはいつものように隣の植え込みのところで虫取り網を持っている。

『あ！　いた』

ふっとこちらに気が付いたので、わたしは笑いかけた。

でもいつもと様子が違う。

お兄さんたちは、黙ってじっとこちらを見つめると、

「行こう」

そう言い、くるりと向きを変えて向こうの方に行ってしまった。

ぽつん。
取り残された、
わたし。

どうしてなのか、ぜんぜんわからない。

いつものようにいつもの時間に呼びに来てくれて、一緒に楽しく過ごすはずだったのに。

ずっとそうしていけると思っていたのに。

どうして急にそんなふうになってしまったのかわからない。

お兄さんたちは、それから、遊びに来てはくれなくなった。

今日も明日も明後日も、ずっと同じことが続くと思っていたのに。

それは突然、終わってしまった。

ぷつんと糸が切れたみたいに。
糸の片方を持っていたわたしは、ひとり、ただ取り残された。
反対側を持ってくれていたはずのお兄さんたちは、もういない。

父の死

しばらくして、父の具合が悪くなり入院することになった。
わたしと弟は、祖母と留守番。
早朝、夜がまだ明ける前に起きると、母がもう病院へ行く支度をしている。
わたしはそれに気が付き、母のエプロンをぎゅっと握って、
「行かないで」と言う。
すると母は、「行かないからね」とわたしを膝に乗せて撫でてくれる。
すると不思議と眠くなり、すうっと眠ってしまう。
起きたらいなくなっているのはわかっているのに、寝てしまう。
目が覚めるとわたしは布団にちゃんと寝かされていた。
『ああ、やっぱりいないのだ』
そう思った。

ときどき親戚の人が病院へ連れて行ってくれた。

病室では母が窓際の椅子に座り、フルーツを剥いてくれた。そして、きれいな色紙を折りたたんで、ハサミで切り、

「はい、できた」

渡してくれたそれを手で静かに開いていくと、さーっと美しい形の連続模様が広がった。

それは、雪の結晶、桜の花、ふわりとしたスカートの手をつないだ女の子など。そのときによって違う。どれも美しく素敵で、とてもうれしかった。

「わあ！」

父もわたしのそんな様子をやさしい目で見つめている。

暖かい春の日のことだった。

「ゆっこ、なにが欲しい？　退院したら一番欲しいものを買ってあげる。なんでもいいから言ってごらん」

『欲しいもの？　うーん、なんだろう。わたしの欲しいもの、特別ないなあ。うーん、うーん』

首を傾げ傾げ考えながら父を見ると、じっとわたしを見ている。

わたしの答えを期待して、待っている。

『あ！』

思い出した。

「お雛様」

本当は別にそんなに欲しかったわけではないのだけれど、なにか答えなければと思い、そう言ったのだった。

少し前に、親戚の子の家へ遊びに行ったときに飾ってあった、由緒正しいお雛様。

幾段もあり、お雛様、お内裏様、たくさんの官女たち。アンティークな美しい輝き。

とてもきれいだった。

「お雛様だね。よし、わかった。退院したら買ってあげるからね」

わたしの目の位置でそう言ってくれた。

春の暖かな日差しの中、ゆっくりと時が過ぎていく。

でもその約束は守られることはなかった。

約束をしてあれば、帰ってきてくれると思った。なぜなら小さな子供との約束は守らなければいけないのだもの。
ただ、帰ってきてほしかった。
そして一緒に、にこにこと楽しくお雛様を見に行きたかった。

その日、久しぶりに病院へ行くことになった。
わたしはうれしかった。病院には母と父がいるのだもの。最初はうきうきしていた。
けれど、見上げた叔母の顔は、まっすぐ前を向いていて、なんだか難しい顔をしていた。

いつもと違う。

病室へ入ると、白い部屋の窓際にベッドがあり、そこに父が寝ていた。

父は起き上がることができないようだった。ベッドの周りには看護師さんやお医者様がいて、父がなにか少しでも身動きするたびに、バタバタとあわただしく動いた。

「さあ、近くへ行きなさい」

「さいごだから」と背中を押された。

さいご？　わたしは動くことができなかった。

ベッドの上の父はとても痩せていて、この前会ったときとはまったく違っていた。

わたしは固まったみたいに一歩を踏み出すことができなかった。

父は力なくこちらを少し見たけれど、すぐに上を向き、目を閉じた。

何度背中を押しても動かないわたしのことを大人たちはあきらめたようだった。

その後のことは覚えていない。たぶん家に帰されたのだと思う。


なぜ動かなかったかわからない。

今だったら傍へ行くのに、とずっとあとから思った。

ごめんね。

あのときした約束はそのままになった。
でも、いいからね。
約束は守らなくてもいいの。
守れないこともあるのだもの。

病院から帰った次の日、窓から見ると外は薄く霧がかかっていた。
大人たちはとても忙しそうだ。知らない人が何人もいる。
わたしはひとりで家を出た。
白い綿飴を薄く割いたようなのがゆっくりと空中を流れている。
少しだけ外の風にあたろうかなと「白い竜の園」に通ずる道を歩いていく。
わたしが通っていた保育園だ。

コンッ。

なにかにつまずいて転び、膝を擦りむいてしまった。

「いたた」

起き上がって砂をはらっていると、

「だいじょうぶ？」

ちょうど近くを通りかかった髪の長い女の人が、ポケットからばんそうこうを取り出して、貼ってくれた。

その人はやさしく、

「霧も出てきたけれどだいじょうぶ？　ひとりで家に帰れる？」

わたしはこくんとうなずいた。

園へ行くのは止めにして、てくてく家の方へ向かい、少し歩いてから後ろを振り向くと、その人はもういなかった。

お葬式の日、普段は静かな家の中が人でいっぱいになった。

みんな、わたしの前を通るたびに、やさしく声をかけてくれた。

でももう少しお話ししようとしても、すぐに行ってしまう。忙しそうだ。

けれど、ここのところずっとぽつんと家で弟と祖母と三人だけで過ごしていたので、それはうれしかった。

白い布をかけた段の上の方に、父の微笑んでいる写真が飾ってあった。

わたしは、段の前に置いてある座布団にちょこんと座って、父の写真をじっと見ていて気が付いた。

「不思議だなあ。お写真の中のお父さん、どうしてこちらを見ているのかな」

少し横に体を傾けて、右から見たり左から見たり、どのようにしてもわたしを見ている。

なんだか面白いの、と思いながら見ていた。


ふと気が付き、立ち上がって見回すと、いつの間にかあたりにはなにもなくなっていて、いつもと同じきちんと片付けられた部屋の中。

「あれ？　みんなどこに行ったのかな。ここに白い段々が飾ってあったのに。たくさん人がいたのに。お母さんもいない」

きょろきょろ見回しながら奥の広い座敷へ入っていくと、部屋の向こうの方の窓際にテーブルが置いてあり、父が和服姿でお蕎麦を食べていた。

「あ！　お父さん」

父は、食べるのを止めて箸を置き、こちらを向いた。そして立ち上がると、静かに近づいてきた。

「お父さん、どうしたの？　今ね、みんながお葬式をしていたの。お父さん、亡くなったのではなかったの。みんなに言ってくる！」

わたしがみんなのところへ行って誰かを呼んでこようとすると、前まで来た父は、わたしの目の高さまでかがみ、肩にそっと手を置いて、

「いいんだよ、ゆっこ。そうだよ。お父さんは亡くなったのだよ」

「でも、足がある」

幽霊は足がないって聞いたもの、と思っていると、父は少し笑った。

「足はあるよ。ゆっこを怖がらせないためにね」

「いいかい、ゆっこ。よく聞くんだよ。これからお父さんは目には見えなくなる。けれど、一日に何度か必ず傍に来るからね。ずっと一緒にいるからね。だから寂しがらなくてもいいからね」

こくん、とわたしはうなずく。と同時に——。

ふっと目が覚めた。

いつの間にか母の膝の上で眠っていたのだった。

「ああ、よかった。どうしたのかと思って心配したの。急にパタンと突っ伏してしまうものだから」

そう言うので、今あったことを話すと、母は黙って聞いていた。そして、

「そう。お父さんはゆきちゃんのことをとてもかわいがっていたから、一番に会いに来たのかもしれないね」

わたしは黙って聞いていた。

幽霊や暗いのは大の苦手、怖がりのわたしだけれど、

『お父さんだったら怖くない』

そう思った。


焼香の列の後ろの方に、同級生の子の姿が見えた。母親に手を引かれ一緒に来てくれたのだ。

「あ!」

わたしは大人ばかりの中に同級生がいてうれしくて笑いかけた。するとその子はなんともいえない変な顔をした。

何度笑いかけても同じだった。笑い返してくれない。

『どうしてかな?』

わたしはあきらめて家の中へ入っていった。

「さあ、見てごらん。さいごだから」

親戚の大人の人にそう言われ、中を見る。

棺の中の父の顔は、白い花に埋もれ、静かに眠っているようでとてもきれいだった。病院で最後に見たときの顔とはまったく違っていて、

「ああよかった。なおったのだ」

ほっとした。

数日後、学校へ行くと、あのお葬式のときの同級生の子が、わたしのことを見つけるとまた変な顔をし、なにかひそひそ話し合いながら数人で近づいてきた。そしてこう言った。

「あなた、悲しくないの？　どうして笑いかけたの？」

すると他の子が、

「ええっ！　そうなの？　どうして？」

ああそうか、だからあんな変な顔をしていたのか、と初めてわかった。

「変なの！」と言いながらその子たちは向こうの方へ行ってしまった。

お父さんはね、ずっと一緒にいるの、ということは言う気持ちがしなかった。

わたしはただ黙って立っていた。
去っていくその子たちの後ろ姿を見ていた。

引っ越し

それから数日して、わたしたちは母方の祖母のところへ引っ越すことになった。

ロッカーの荷物を取りに母と学校へ行ったときに、

「さみしい？」

担任の先生に聞かれた。わたしはそのときはよくわからなかった。それに、

『ずっと一緒にいるからね』

と、父が約束してくれたのだから。ちゃんといるのだもの。

でも静かにわたしを見つめる先生の目を見て、こくんとうなずいた。

「お手紙書いてね。ゆきさんは絵が好きだから、この紙持っていってね」

と、先生は真っ白な紙をたくさんくださった。そして、荷物をまとめるのを手伝ってくれた。

先生は、待っていた母と話をすると、わたしに向かって、

「元気でね。お便りくださいね。お便りくださいね」
そう何度も言った。さようなら、と母と門を出た。
いろいろなものが通り過ぎていく。いつも遊んだ校庭も、大好きだった桜の木も、
てんとう虫と遊んだ花壇も。
それらを横に見て歩くと、どんどん後ろへ通り過ぎていった。
母と手をつないでいたのだけれど、歩く速度がいつもよりずっと速く、わたしは何
度もつまずきそうになった。
さようなら。さようなら。
みんな。

家へ着くと、まとめてあった荷物を母と弟と三人で両手いっぱいに持った。
玄関を出るときに、ふと隣の方を見た。
『あそこにお兄さんたちが、いたのだ』
植え込みのあたり。でも今日はしーんとして誰も出ていない。

お兄さんたちも、やさしい上級生のあっちゃんも、いつもピアノをひいている、道の角に建っている細い縦長の家のお友だち、けいこちゃんも、ゆみちゃんも、鳥居も、不思議な歯医者さんも……。

みんなに会えない。
静まり返っている。
「さよなら」って言えなかった。

わたしたちは、バスに乗って電車に揺られて、またバスに乗って、いくつも乗り換え、ようやく祖母の家に着いた。

そこは今までとはまったく違うところ。
父と暮らした家は、広い庭がある家が並んでいる閑静な住宅街にあった。
でも、祖母の家の付近は――。

草が生い茂った手つかずの空き地がいくつもいくつもある。
ほったて小屋の駄菓子屋さん。
その前に咲いている矢車草……。
濃い紫色が風に揺れ、わたしの心も揺れていた。
道路は細く、車はときどき通るだけ。
その横に草の原がどこまでも続いている。
虫が鳴き、小さな動物もカサカサ動く。
草の中に細い川がチロチロと音を立てて流れている。
さらさらと草に触れながら風が渡る。
草の香りを運びながら。

祖母の家の二階の窓から外を見ていると、わたしと同じくらいの子たちが誘い合って遊んでいる。どうやら春休みらしい。
しばらくすると、外で遊んでいる子はいなくなった。

新学期が始まったのだろう。

わたしは、歩いて五分くらいのところにある小学校へ通うことになった。

教室に入り、担任の先生に紹介されて、みんなの前で挨拶をした。

わたしは二年生になった。


ある日の放課後、近くの席の男の子たちが数人集まって話をしていた。

「昨日、川の傍で、ふたつの光るものがあったものだから、ホタルかなと思って近づいていったら、蛇だったんだ」

「ええーっ。あとで見に行こう」

みんな、真剣。

わたしは、すっと離れて、川へ急ぐ。

一番に見つけないと。

『どこだろう、蛇』

足でガサガサやりながら歩いていった。

しばらく探したけれど、見つからない。
なあんだ、とがっかりして家に帰った。

コウモリ、トカゲ、子蛇

夕方に風の吹いた日の次の日の朝は、コウモリが落ちていることがある。電信柱にぶつかって気絶したのだろう。

以前に、「コウモリは電信柱にぶつかって脳しんとうを起こし、落ちることがある」と聞いたことがあるもの。男の子たちに見つかったら大変だ。その前に、わたしは朝早く起きて、道に落ちているコウモリをそっと拾って、薄暗い林の木に留まらせたりした。

男の子たちに見つかるとおもちゃにされる。彼らはよく小さな動物たちを捕まえてきては遊ぶのだ。

あるときなど、トカゲを捕まえて、

「だいじょうぶなんだよ。しっぽは切っても平気なんだ。すぐ生えてくるんだ。ほら、面白いから見ててよ」

手で切られたしっぽは、うにうにと動いている。

みんなが気を取られているすきに本体の方はさっと逃げていった。

でも本当はいけないのだ。

ずっとあとから知ったのだけれど、トカゲは自分でしっぽを切り、犠牲にして、しっぽにみんなが気を取られているすきに逃げる、そういうものなのだ。

あとから生えてはくるのだけれど、前より命が短くなる。

だからそっとしておくのがよいのだ。


またあるとき、近所のいたずらっ子ふたりが、棒の先に白く細い蛇を乗せ、

「ほら、蛇だぞ」

「きゃぁぁ！」

女の子を怖がらせて遊んでいた。

わたしはちょっと離れた花壇のところから、その様子を見ていた。

男の子たちはこちらに気が付き、「おい、今度はあいつのとこへ行こう」と、ひそ

ひそ近づいてきた。

「ほら、蛇……」

蛇はくたんとしおれて息も絶え絶えに見えた。

「やめてあげなさいよ」

わたしはさっと蛇を右手でつかみ、近くの草っ原に逃がした。

蛇は体全部の力で、サササッと逃げていった。

『今まで力をためておいたのだ。このときのために。なんて賢いの』

男の子たちは、ぽかーんとした顔で、でもハッとして、

「なんだ、怖くないのかよ」

と、つまらなさそうに行ってしまった。


大小さまざまな子たち、男の子女の子、全部の子たちと遊んだ。

近くの知らない人の家の庭にある、いちじくの木から実をもいで食べたり、柿を取って皮ごと食べたりした。

そんなとき、ふと気が付くとその家の人らしき人が現れ、こちらを見ている。大きい男の子たちはなにやら相談し、

「そうだ、この子がいい」

わたしは指名されて謝りに行くことになった。

わたしならだいじょうぶだからって。

『なんだかいやだなあ』

と思ったけれど、みんなが期待して見ているし、まあいいやと、てくてくとその人のところへ行った。

「ごめんなさい」とぺこりとすると、

「ああ、いい」

その人はそう言うみたいにうなずいて、クワで草刈りを始めた。

ほっとしている男の子たち。

黒い瞳の「ころ」

祖母の家へ犬がやってきた。
母の弟にあたる、祖母の長男が結婚するときに、お嫁さんになる人と一緒に来たのだ。
ふわふわの毛の犬、名前は「ころ」。
この子はとてもかわいかった。真ん丸のお顔に黒い目が愛らしい。
弟はすぐに仲よくなり、学校から飛んで帰ってきて、
「ころ！」
そのまま走って外へ遊びに行った。いつもいつも一緒にいた。
わたしもときどき遊んだけれど、弟ほどではない。
だってすぐに連れて行ってしまうのだもの。仲よくなっている時間もない。
毎日毎日、太陽のもと、真っ黒に日焼けして、ころと遊びまわっていた弟。

一年くらいたったころだろうか、もう少しでお嫁さんに赤ちゃんが生まれるというときに、ころはどこかに連れて行かれることになった。

赤ちゃんと犬の両方では世話が大変ということと、それにもし噛みついたら、と考えると危ないもの、ということなのだと思う。

そのときはわからなかったけれど。あとからそう思ったのだった。

その日、ころはなんだかそわそわ落ち着かない様子だった。

なかなか車に入ろうとしない。

わたしは、それを少し離れたところで見ていた。

弟は、わたしの前で見ていた。ころとわたしのちょうど真ん中あたり。

ころは、なにかを感じ取っていたのだろう。

周りの大人たちの顔を見比べながら、ときどきしっぽを振って、一番かわいい顔をした。

なかなか乗らず苦心したけれど、でもやがて、ころはあきらめて車に乗った。

そしてそのまま発車した。

弟の目から静かに涙が流れていた。

わたしは泣かなかった。

同じように育ったと思えるのに、なぜわたしは泣かなかったのだろう。


そして、ころがいなくなって、何日も何日も過ぎていった。

ようやく慣れかけて……ときどきふっと風の中にころのこと、あの、こちらを向いたときのかわいい丸い顔や黒い真ん丸の瞳が浮かんだけれど……それでもようやくころの記憶が薄くなっていった、ある昼下がり。

庭でひとり遊んでいると、すぐ脇を「びゅんっ」となにかがかすめて通り過ぎていった。

「ころ！　ころが帰ってきた！」

わたしは叫んだ。

とにかく伝えたかった。

みんなが家の中から出てきた。
ころは、庭の洗濯物を入れて水を張ったたらいの中に顔を入れ、ごくごくと飲んだ。
弟はすぐ来て、静かにころを撫でた。
大人たちはというと——。
複雑な表情をしていた。
顔を見合わせて、なんだか困っている感じだった。
弟はころの方しか見ていない。だから大人のことは気が付かなかった。
少し悲しくなったわたし。でも、
『ちゃんと帰ってきたんだね、家への道を覚えていたんだね。ころ、頭がいいんだね。
わたしなら帰れない』
でもきっとまた捨てられてしまうのだ、という考えが浮かんできたけれど、
『そうじゃなければいいのに』
と、ひとりと一匹の様子を見て思った。
それからしばらく、また前のようにころと弟は一緒に遊んだ。毎日毎日、学校から

帰ってきてすぐ、ころを外へ連れ出した。真っ黒になって遊んでいた。

でもなんだか前よりも一所懸命ではない気がした。

そうして、しばらくたったころ、ころはまた車で連れて行かれることになった。

突然だった。

大人たちはまた、前のように車に乗せようとしていた。わたしや弟が知らないうちに、大人たちの間では、もうちゃんとそういう取り決めができていたみたいだった。

前よりも……早く、ころは車に乗った。

パタン。

ブーッ。

遠ざかっていく。

それを見つめるわたし、その前で見ている弟。

でも、弟は、今度は泣かなかった。

大人には大人の事情があり、

子供には子供の気持ちがあり、
ころにはころの思いがある。

ただ、

「どんなことがあっても僕は家に帰る」

と言う。


気持ちはみな違っていて、だからたいていうまくいかない。

誰が悪いわけでもない。

ただ少しずつなにかが足りないのだ、きっと。


前よりももっと遠いところへ連れて行ったのだと話している大人たち。

わたしが思ったことは、ただひとつ。

「ごめんね、ころ」

そしてそのまま二度と帰っては来なかった。

遊び

近くにある駄菓子屋さん。
そこはみんなの集まる場所。
お金を持っている子もそうでない子も。
いつもみんなが、たくさん、わいわいやってくる……。
なんだか素敵なものが隠れていそうで、なにかありそうで。
わたしもよく遊びに行った。
見ているだけでも楽しい。
あるとき、白い紙を買った。
高くて少ししか買えない良い紙と、高くなく何枚も買える紙、二種類あった。
最初、安い方を選んだ。
『多い方がたくさん描くことができるもの』

そう思ったものだから。

わくわくしながら家に帰った。

でも、線を間違えて消しゴムで消すと、紙がよれてすぐ破れてしまった。

もう一方の真っ白い描きやすそうな紙にすればよかったとがっかりした。


くじも好きだった。男の子でよく当たる子がいて、

「やった！」

といつも喜んでいた。

わたしもたまに、あまり人がいないときにやってみるのだけれど、当たることはめったになく、たいていハズレだった。

しゅんとしたけれど、それでも楽しかった。


紙風船は、素材がゴムのとは違っていて、なんだか不思議で面白い。

たくさん空気を入れてもすぐにしぼんでしまい、そしてパーン、とはぜて破れる。

それでも好きだった。貼り合わせた色とりどりの和紙がきれいなのだもの。

店の裏手は一面の田んぼで、その手前には矢車草が咲いていた。季節になると、濃い青紫色の花を美しく咲かせ、風に揺れていた。それを見るわたしの心も揺れていた。

草むらにいるてんとう虫を手でそっと取り、人差し指に留まらせる。てんとう虫はどんどん上の方へ行く。

指をまっすぐに立てる。

一番上に着いたとき、少し考えて、上の羽をパッと広げ、中から薄羽を出し、飛んでいく。

草遊びも面白い。蚊帳吊草は、茎の両端を裂いて、ふたりでゆっくり開いていく。うまくいけば四角く蚊帳が吊れる。でもこれはふたりでやらなければ。ひとりでは難しいのだ。

シロツメ草の花を編んで長く編んでいき最後に輪っかにして首飾り。

ナズナの葉を、切れないように気をつけながら、少しずつずらし、揺れるようにして、かんざし。

オオバコという名の草をひっかけて引っ張り合い、切れた方が負け。

勝ち残った強いオオバコは、上着のポケットに入れて持ち帰る。

草原はどこまでも広がる無限の遊び場だ。


そこに行けば誰かがいる。

いなかったとしても、ひとりで遊ぶ。

そこに行けばなにかがある。


ときどき草の中にいる小さな住人を探す。

彼らは、見つからないように、いつもそっとしているのだ。

だから静かにしないと見つけられない。

誰かが来たときは、探すのをやめて普通の体勢に戻る。もし誰かに小さな人が見つかったら捕まえられてしまうもの。

知っている子も知らない子とでも、
大小さまざまな子たちといつも遊んだ。
朝から暗くなる手前まで遊んだ。

空き地へ行くといろいろなことがあり、とても興味深かった。

箱がたくさん積んであるときは中に入って、

「マンション」

ぎゅうぎゅう詰めの箱の中は、まるでキャラメルの箱の中みたいに窮屈で面白かった。


土管が置いてあるときは中に入って転がって、ぶつかりながら遊んだ。

上が下になり、下と思ったのが上で、くるくるとても面白いのだった。

罠を作ったり、ガラクタを集めて隠れ家を立てたり。

雨が降ってもすぐには帰らない。

草と草の先の方を結んで、また結んで、上に大きな葉を乗せ、雨宿り所を作った。

その中に入って見た雨はとても美しかった。

横を見るとほかの子たちも見ている。

みんな、早くやまないかなあと思っているのかしら。

それとも美しいと思って見ている子もいるかしら。

みんな、じっとただ雨を見ていた。

近くに図書館ができたときは、とてもうれしくて、ひとりで、あるいは友だちと何回も行った。

公園の奥にある新しい白い建物。窓がとても大きく、外からの光が入り、美しい。

中でいつまでも本を読んでいても誰もなにも言わない。静かに過ごすことができる。


どこまでも続く草原。

空き地、細い川、駄菓子屋さん、その前で揺れる矢車草。

わたしの中はそういうものでできている。

風は水や草の上を通り、わたしの心の中まで吹いていく。

花や木の葉が揺れる。

さらさらさら。

春夏秋冬、季節はどのときも美しく、暑いときも寒くとも、わたしは大好きだ。

でもふっと、夕日の美しい日に、風の向こう側を見ていて、ときどきなにか忘れているような、大切なことをどこかへ置き忘れているような。

そんな気持ちになるのはなぜだろう。


繰り返し繰り返し、心の中で文字を組む。

そうしてできたものは、詩みたいだったり、話し言葉みたいだったり。

文字はわたしに語りかけてくれる。

わたしから話しかけることもある。

心の中で、映像と一緒に、永遠に流れる物語を見る。

ずっとあとからそれらのことを思い出して、どんな気持ちになるかしら。


晴れの日、曇りの日、雨、風、嵐、雪、霧……。

どのときもわたしは大好きだ。


本が大好きだった父。

新しく棚を買ったときは、

「ここを本でいっぱいにするのだ」

とうれしそうに話していた。

少しずつ集めた本の中に絵画集もあった。ミレーの本では、よくいわれる『晩鐘』などもよいのだけれど、『歩きはじめ』『子供たちに食事を与える農婦』や、古い部屋の薄灯りの下で繕い物をしている女の人の絵『ランプの下で縫い物をする女性』、そのような絵がとても好きだった。何だかあたたかいのだもの……。いつも見つめていた。

父は、どの絵が好きだったのかしら？　ときどき思う。

休みの日はどこへ行くのも家族で一緒に過ごした。弟は母が抱っこし、わたしのことは父が抱っこしてくれる。その当時の写真を見るといつもそうだ。

いつも一緒だったね。

ゆっくり流れるやさしい時。

それは、ずっと続くもの、永遠に。

そう思っていた。

白い子犬たち

小学校中学年になったあるとき、学校からの帰り道、家の手前の道にみんなが集まっていた。

なんだろうと見に行くと、同じくらいの年代の女の子ふたりが、段ボール箱の中の子犬を見せていた。

白い小さな犬たちは、くんくんとみんなの手の匂いをかいで、不安そうだ。

『かわいいなあ』

と一番後ろで見ていると、

「飼い主探しているんです。飼いませんか？　一匹ずつでもいいから」

その子はわたしの方を見てそう言った。

かわいいけど、ダメって言われるに決まっている。

母は仕事で忙しいし、祖母はみんなの面倒で忙しいし。

わたしが黙って立っていると、やがてひとり、またひとりと、そこを離れていった。

わたしも離れた。

『あとから来る弟がきっと欲しがるだろうな』

かわいそうだ。


家に帰り、宿題をやっていると、少しして弟の声がした。

「お姉さん！」

『あ』

すぐにわかった。そしてそれは当たっていた。

弟は、キラキラした瞳で手に持っている箱の中を見せた。

二匹の白い子犬だ。

「ねえ、僕たちで飼おうよ。小屋でさ。大人たちには内緒だよ」

「う、うん……」

うなずくしかないわたし。だってきっと捨てられてしまうのだもの。そのときの弟のがっかりした顔が浮かびかけた。

けれど、できるだけのことはしようと思った。

ふたりで庭の奥にある小屋へ子犬を連れて行った。

ここは大人たちはめったに来ない。

いろいろな物がしまい込んであるので、わたしはひとりで、あるいは弟とふたりでときどき遊びに来ていた。

箱の中に布を入れ、ふわふわにした。

子犬たちは、ふんふん鼻を鳴らしてわたしたちの手元の匂いをかいでいる。おなかが空いているのだ、きっと。

冷蔵庫から牛乳を取り出し、器に入れ、あげると、喜んで飲んだ。

でも、水物だけで済むわけもない。冷蔵庫にある保存用のソーセージなど、思い付く限りなんでもあげた。

少し落ち着くと、今度は遊び始めた。子犬たちはとても人懐っこく、よく遊んだ。

小屋の中でくるくると転げまわって本当にかわいかった。

やがて玄関の方で音がして、誰かが帰ってきた気配がした。

わたしたちは、小屋の戸を閉め、家へ行った。

祖母が買い物から帰ってきたのだ。

わたしは宿題の続きをやり、弟は外へ遊びに行った。

夜になると叔父や叔母、母も帰ってきた。弟はその少し前に帰ってきていた。

母は冷蔵庫を見て、

「あら？　ソーセージもなにもない」

弟が答える。

「だってすごくおなかが空いたんだもん」

「全部食べたの？　たくさん食べたのね。大事に食べようと思っていたのだけど。でも、成長期だものね。おなか空くよね」と母。

弟はわたしの方を振り向き、目でうなずいた。

わたしは少し『ごめんなさい』と思った。

夕ご飯、お風呂……、一日の全部が終わり、夜、布団の中へ入ったころ、

「きゅーん……」

声がした。

最初はとても小さかったのだけれど、だんだん大きくなり、

「きゅん、きゅーん、きゅーん」

寂しいのだろうか、寒いのだろうか、それともおなかが空いたのかもしれない。わたしは不安になった。

隣の布団の中で、

「お姉さん、ねえお姉さん、起きてる?」

そちらを向くと、

「だいじょうぶかな、見つかったらどうしよう。気付かないといいな」

弟が心配そうにしている。

『見つかるに決まっている。でも聞こえないといいな』

そう願いながら、わたしは寝たふりをしている。

それはとても長い時間に思えた。子犬たちはずっと鳴いていた。

でもやがて小屋の方で大人たちのざわざわする気配、声。

母がやってきた。

「あなたたちなの？」

わたしと弟は、黙ったまま、じっと母を見つめた。

母はなにも言わず、小屋にいる大人たちのところへ行った。

遠くで母の静かな声がする。話し合っているようだ。謝っているようにも思える。

犬は、なおも鳴いていたのだけれど、その声はやがて小さく遠くなり、聞こえなくなっていった。

次の日の朝、小屋に行くと、子犬たちのいたところは、ポカーンと空洞のように空いていた。

夜のうちに捨てに行かれたのだろう。

弟は、黙って空洞を見つめていた。

弟は動物がとても好きなのだった。

それを見てわたしは、瞳の奥で何かがつまるみたいな感じがした。

母はわたしたちのことを叱らなかった。

何日かのち、

「ころはどうしているのかな……」

母に向かって、ひとり言のように聞いてみた。

「ころは可愛かったものね。きっとどこかでみんなに可愛がられているかもしれないね」

そう言った母。

田舎《いなか》のあぜ道、たんぽぽの中、蝶や虫を追いかけて、ころがぴょんぴょんと跳ねている光景が浮かんだ。

その向こうに、弟と同じくらいの年頃の男の子が、うれしそうに見ている。その斜め後ろに、男の子よりも少し年上の女の子が静かに見ている。

そのこちら側、ずっと手前にわたしがいる。

それはなんともいえない、ゆるく物哀しい感じだった。

夢

中学に入ったころから、わたしはいろいろな夢を見るようになった。

わたしは普通に楽しく見ていたのだけれど、どうも他の人の話を聞いていると、少し違う感じがした。

わたしは自分の夢のことは、ほとんど人に言わなかった。


列車に乗り、周り全部が夜の星で、窓から風が吹いてきて、気持ちよく吹かれて、ずっと行くと、着いたところは、すすきの原。

そこをかき分けて進むと川があり、中に入った。

少しも冷たくないその水は、よく見ると星屑だった。


空を飛ぶ。ずっと下は森。自分の手は羽。

わたしは鳥になって飛んでいるのだった。


そのときわたしは桜の中を歩いていた。

どちらを向いても、木は花で満開。空も見えない。

わたしはその中を歩いた。

少し向こう側に小さな池があって、水面に花弁がたくさん浮かんでいた。

傍に行き、中を見ると、花弁の間から、池の底の方が見えた。

青く澄んでいて、ずっと底の……奥の方が見えた。

その向こう側はお祭りみたいだった。

小さな女の子がこちらを見上げている。

わたしは微笑んだ。

少し大きな男の子が女の子を連れに来て、「あちらになにかあるよ」とでも言うみたいに指をさし、ふたりで向こうへ行った。その後ろにもうひとり少し小さい男の子がいて、こちらを見上げていた。

わたしはその子にも微笑んだ。
その子は黙って見つめている。
やがて先ほどの大きい方の男の子が来て、その子のことも連れて行った。

花弁が舞ってくる。
どこからともなく。
風も吹いていないのに。
どの木からだろうと一本ずつ見たけれど、どこからでもない。
ふと、わたしの服の桜の花模様を見ると、
「あ」
わたしの服から花弁が出て、舞っている。
花はそこから出ていたのだ。
そのことがわかり、わたしはとてもうれしかった。
それをずっと見つめていた。

いくら流れて舞っても、服の花模様は少しもなくならない。

風や草原や景色の中で、遠くを見つめる。
ふとなにか気配を感じ、振り向いてもなにもない。
見えないなにかに語りかける。
ふと目に入った近くのものと遊び、まだ見ぬ知らないものたちを探す。
移ろう季節の中で、わたしは少しずつ大きくなっていった。

あの、お兄さんたちに連れられて見に行ったお祭りの桜。見上げたときは三歳だった。
それから母方の祖母のところへ来て、気が付くと、十三年の月日が流れていた。
桜の夢を見たあと、久しぶりに思い出したのだった。
あのときお兄さんはなにか言っていた。
なにを言っていたのだったか。

どこかで聞いたことがある。

「心の近いもの同士が、同じ月の光の下で眠ると、同じ夢を見る」

だからきっとお兄さんたちも桜の夢を見ているに違いない。

桜の貝殻

休みのたびに、母と弟とわたしでいろいろなところへ出かけた。

それは海辺でのこと。

まだ海に入るには早い、夏の手前ごろ。

足だけ水につかり、紺と白のギンガムチェックのスカートに白い綿レースのブラウス、お揃いの白い帽子をかぶって、青い海のずっと向こうの方を見ていた。

ふと気付くといつの間にか、すぐ近くに男の子が立っていた。

麦わら帽子に白いTシャツ、綿の短パン。小学校三、四年生くらいだろうか。

その子が黙ってすっと手を差し出すので見ると、

「貝殻」

白やピンクや薄い紫色、とてもきれいでキラキラしていた。

『どうしたのかな?』とぼうっと見ていると、その向こう側で母が、

「あげるって」
微笑みながらそう言った。
わたしは受け取り、貝を見た。キラキラと水をはじき、とてもきれいだった。
男の子の方を見ると——そこには、もう誰もいなかった。
手に残った、数枚の美しい貝殻。
海風が髪を揺らし、頬に触れる。
やさしい波の音。
わたしはしばらく佇んでいた。

懐かしい家

あるとき、ふと見上げると、月が出ていた。
昼間なのに。
そういうことはときどきあるのだけれど、その日の月は、いつもより大きい。
半分透き通り、少し欠けている。
たぶんあと数日で満月。
とても美しい昼間の月。
その夜、ニュースで知った。
「スーパームーンまであと四日」
ああ、だから、今日の昼間の月はいつもより大きく美しく見えたのだ。
スーパームーン……。
「あ!」

そうだ、ちょうど、今年は十三年目。

ふいに浮かんだ。あのときの大きいお兄さんの、声のトーン、感じ。

「十三年たったら」のあとの言葉。


「約束」

を思い出したのだった。


母は毎月、最初の日曜日に半日だけ、どこかに出かけていく。

ある日ふと「どこへ行くの」と聞いてみた。

「前の家にね、窓を開けて風を通したり、掃除をしに行っているの」

ふうん、とわたし。

なあんだ、そんなことしていたの。

そんな楽しいこと。

「今月はわたしが行ってもいい？」

今月、最初の土曜日となる明日から母は出張、弟も学校の行事のため泊まりで数日出かける。

わたしは出張も泊まりもないから行くことができる。

『行きたい』

母は了解してくれた。

土日と祝日、明日から全部で四日間休みだ。もう少しいたかったら、学校へはそこから通えばよいもの。どちらかというと本当は「その家」からの方が近いもの。

次の日、わたしは一番初めに家を出た。電力会社と水道局、ガス会社などへは、母が電話をしておいてくれた。

『久しぶりだな』

ここのところずっと母だけが行っていたのだもの。母だけが知っている。今、あの家や、周りはどのようになっているのか。

もうずいぶん変わっているのだろうな。

できるだけコンパクトに荷物を詰め、学校のカバンを持ち、バス停へ向かう。

あのころ、その家の近くを流れる運河を橋の上からよく見に行った。
ちゃぷん、ちゃぷん。
音が聞こえてくる。
ちゃぷん、ゴン。
材木が縁に当たる音。
運河の水の匂いがする。
ちゃぷん。
川横にある材木屋にいた大きな犬は、今はもういないだろう。
ドーベルマン。以前はとても怖かったのだけれど。
いなかったらもう怖くないね。

そんなふうに思い起こしていると、やがて、向こうの方からバスが来た。

大きくカーブして静かに止まる。ドアが開く。

それに乗る。

入り口の少し後ろの方へ座る。

今日はそんなに人が乗っていなくて、まばらだ。

開けたバスの窓から風が入ってくる。

新しい建物が増えてきて、前のような木造の家は少なくなってきた。

そんな様子を見ながら、遠い昔を思い出す。

父もいたときは、よくいろいろなところへ連れて行ってもらった。

少し離れた市の、川へ入ったこともある。

まだ夏の前だったけれど、あのときは暑かった。

わたしはスカートのすそを少しつまんで、母に作ってもらったお気に入りの花模様のワンピースが濡れないように気を付けて入った。

後日、その様子を撮った写真を見て、父母が微笑みながら言った。

「やはり男の子とは違うね」

わたしの、紺色にアネモネの花模様のワンピースはずっときれいなままだった。

弟は生き物を捕まえようと、すぐに泥だらけになるのだもの。


バスはターミナルに着いた。

そこで乗り換えだ。以前いた「その家」行きのバスに。

だんだんと周りの様子が変わってくる。

しばらくぶりのターミナルの周りは、いつの間にかビルや大きな建物でいっぱいになっていたのだけれど、それがまばらになり、やがてビルはなくなり、広い草の原や空き地が、まだたくさんある、そんな町に向かって進んでいった。

やがて、次は、

「運河前」

わたしの降りる停留所だ。

ふと見回すと、乗客はわたしだけになっていた。

バスは止まり、ドアが開き、降りる。

パタン、シュー。

ひとり停留所に立ち、周りを眺める。

『こんなに近かったのだ。もっとずっと離れていると思っていた、永遠に行くことはできないと思っていた。ほんの一時間少しで来られた』

広い草の原が向こうの方にあり、木の造りの家が見えた。

「ああ、なあんだ。そんなに変わっていない。ふふっ、よかった」

歩き出した。

てくてくと土の道を行くと、雑貨屋さんがあった。昔ながらのなんでも売っている店だ。

以前、母とときどき入った雑貨屋さんだ。

古く小さなその店は、ぜんぜん変わっていなかった。

飲み物を少し買って行こうかなとドアを開けた。

「いらっしゃいませ」

レジのところにアルバイトらしき大学生くらいの男の店員さんがいて、こちらを見た。

中を見回すと、少しの野菜、冷蔵庫には魚や豆腐、豆類、そういったものが売られていた。

その日の昼と夜、次の日も食べられるくらいの分を少量ずつかごに入れ、荷物があるので、あまり重たくならないように買った。

お金を払おうとしていると、男の店員さんがこちらを見ているのに気が付いた。目の奥を見ていて少し首を傾げたけれど、知らない人だもの。

お金を渡すと、レジから細かいお釣りを出してくれた。

そのまま軽く頭を下げ、店を出るときにもう一度、そちらを向くと、その人はまだこちらを見ていた。

でもすぐにまた、元の作業に戻った。

『どこかで会ったのだったかしら』

ふとそう思ったけれど、『そんなことはないわ』と気を取り直して、家へと向かった。

細い路地を歩いていくと、小さなときに遊んだゆみちゃんの家があった。美人なお母さんが握ってくれた顔ぐらいもある大きなおにぎり、あのときとってもおどろいた。だって初めて見たのだもの。でもゆみちゃんと同じ大きさ。それがうれしかった。

そして神社。木の鳥居。ここで弟がよく虫取りをしたなと思いながら、鳥居の向こうを見ると、大きなお兄さんが虫取り網を持って、なにかを拾うか、取るか、しているところだった。それはグリーンっぽい石のようにも見えた。

『こんな寒いのに虫なんているのかしら』

そう思いながら見ていると、その人もこちらに気が付いた。

目が合ってしまったのでなんとなく気まずくて、道の方に視線を戻す。

その瞬間、大きなお兄さんの口が「あ」と言うみたいに開きかけた気がしたけれど、

『そんなはずはないわ』とそのまま知らん顔して、てくてく先へ進んだ。

ふと見上げると、水のような空に、薄い月が半透明に浮かんでいる。

それはいつものより大きい。

だってもうすぐだもの。

スーパームーンの満月にはあと少し。

向こうの方に、よく呼びに来てくれた上級生のあっちゃんの家がある。

そこを横に見ながら通り過ぎたけれど、とても静かだった。

いつもいつもかばってくれた色の白い美しい顔、黒髪の……、いつも微笑みかけてくれた、大好きだったあっちゃん。

表札はきちんとかかっている。だからなにか用事があって出かけているのだ、きっと。

また少し歩いていくと、向こうの方に縦長の三階建ての家があった。

よく遊んだ、けいこちゃんの家だ。

いつもピアノの音が聞こえていたのに、今はなにも聞こえない。

とても静かだ。

さらに何軒か行ったところ、右手の向こうに、一面、真っ白なつつじが咲いていた広い敷地の家。それもちゃんとあった。あのときのまま。

そしてその斜め前、

「あった」

わたしが小さなころ住んでいた――。


「その家」


木造平屋のアンティークなガラス窓。

小さなころ読んだ童話の、お菓子の家の窓は、こんなふうかもしれない。

まるで、とろりとした水飴を流したよう。割ってぺきぺき食べたら、甘い砂糖飴なのではないかしら。

木や草や花壇やブランコ、小屋などなど、大きな裏庭のある、家。

入ろうとしていて、ふと右の少し高い位置にある隣の家を見た。

植木がたくさんあって、細い石の階段。

あそこにお兄さんたちがいた。

二階の窓が少し開いていていて、木綿のカーテンが風に揺れている。

その合間から部屋の中の電球が見えた。
夜、あそこに明かりが灯るかしら。
それはどんな感じかな。
でも今はとても静か。
わたしは自分の家へ視線を戻し、玄関へ通ずる細い石畳を行く。
細い木の作りの戸の前でポケットから鍵を出し、ガチャッと開け、中に入る。
鍵をかけ、荷物を置き、まず部屋の窓を開け、裏庭に通ずる窓、土間の戸を開ける。
次に、買ってきた物を小型の冷蔵庫に入れた。
そして立てかけてあった掃除機を持ち、部屋全体をかけ、ざっと拭く。

布団は、洗えるタイプの新しいのがしまってあったので、外に干した。
物干し竿は傷んでいて、少し不安はあったけれど、なんとか干せそうだ。
新しい竿を売りに来てくれたらよいのだけれど。
小さなころはたまに売りに来ていたもの。

「サオや～サオ竹～」

母が買いに出て、新しい竿を持ち、

「ほら、きれいになった」と、にこにこしていた。

「ふうっ」

これで用意はできたと一息。数日いてもだいじょうぶ。

ふと中庭の窓の外、左横を見て、

「あ」

そうだった。この家のお手洗いは部屋の外にあったのだった。

窓際の細い廊下、左横のガラス戸を開けると、庭の方へ細い板廊下が続いていて、その先に細長いお手洗いがある。

ここは水が通っていないので、入り口のところに手を洗う簡易式の水入れが取り付けてあった。

母と父が付けたのだ。

やかんをふたつ合わせたくらいの大きさで、青く透明の容器だ。

上から水を入れるようになっていて、下の方に突起があり、手でちょんと押すと、とぽとぽとぽと水が出てくる。

それが面白くてずっと遊んでいて、空っぽにしてしまったことがある。

父や母がわたしや弟の背の高さに合わせて、下の方に取り付けてくれたのだ。

今のわたしには低すぎるのだけれど、その位置はなんだかかわいい。

お手洗いの前まで行き、中を開けると、少し古くはなっているけれど、きれいに掃除されていた。

「きちんとしているなあ」

感心しながら見ている。

わたしとは大違いだ。

母は、いつもきれいに草を刈り、花壇も作り、家はきちんと整頓されている。

わたしは草原が好きで、そこに落ちているガラスのかけら（角が取れて半透明の石のようになったもの）、変わった模様のタイル、蛇の抜け殻などをよく拾ってきては、机の中に入れておいた。

見つかると捨てられてしまうので引き出しのずっと奥にしまっておいた。

それでも見つかって捨てられ、

「もっと、余分なものをなくしなさい」

とよく注意をされた。

草取りも少しはやったけれど、たいていいつの間にか飽きてしまい、ひとりで遊んでいた。

草原のような雑草もきれいなのにな。


お手洗いの壁もきれいになっている。

ここは思い出深い。

一度、なにもない壁に思いっきり落書きをしたことがある。

最初、かわいい顔を描いた。次にお母さんやお父さん、弟、花、鳥、草原。

クレパスでどんどん描き加えていると、弟がやってきて、

「なにやってるの？　あ！　僕もやる！」

競争で描いていった。

背伸びして思いっきり描いていると、

「なにをしているの。あ！」

母がやってきた。どうしてこんなことをしたのかという問いに、

「だってなにもなかったんだもの、ひとりだけ描いたら寂しそうだったんだもん、だからね、お母さん、お父さん、弟、花、鳥、いっぱい描いたの」

弟とふたりで一所懸命に説明をした。

それを聞くと静かに、

「向こうで遊んでいてね」

とわたしたちは外に出された。そのあと、バケツを持ってきて、ごしごしと一所懸命に消していた。

しばらくして見に行くと元通り、なにもないきれいな肌色の壁に戻っていた。

あのときは本当に不思議だった。またなにもなくなってしまったのだもの。前の通りまっさらに。

でも、ごしごししている母の後ろ姿を見て、

「もうこれからはやめよう」

と思った。


そこもきちんと拭き掃除をして、ようやく終わった。


草の香りがする。少し寒くなってきたので、窓を半分以下に閉めた。

玄関の外の木や草がきれいだ。

手入れする人もいないので伸びているけれど、それもまたきれい。

後ろの中庭から、少し湿った草の香りのする冷たい空気が入ってくる。ガラス戸も少し風が通るくらい残して閉めた。

空が少し陰ってきて、庭の木や雑草の生えた花壇、奥の小屋、その全部に青色がか

かってとてもきれいだ。

さらに気温が下ってきたのでガラス戸を全部閉めると、用意しておいたこたつをつけた。

それはすぐに暖かくなってきた。こたつ布団をめくると、中はぽうっと赤く光っている。ほっとしたわたし。

今居る部屋の左側、庭の手前にある細い木の廊下、暖かな日に、祖母は座布団を敷いて座り、まあるくなって着物を縫ったり、繕い物をしていた。頭はおだんごにして。ときどき話をしてくれた。不思議な国の物語。

一番奥の広い畳の部屋は、みんなで眠るところ。

今いるこの部屋はみんなが集まるところ。食事をしながら今日のことを話し合う。

丸く大きく素敵なテーブル。

右側は、父の書斎。小さな部屋の窓際に木の机があり、ここで調べものをしたり、本を読んだり、テストの採点をしたりしていた。

そしてよく弟はここで注意をされていた。

父は叱るというよりも、いけないことをしたときは、こんこんと話すのだ。冷たい泉の水が湧き出るみたいに。つきることなく、決して声を荒立てず、静かに話す。相手がわかるまで静かに目を見て言う。それを父の前で正座をして聞くのだから、小さな子にはたまらない。絶対に泣いてしまう。

弟もしびれを切らし、最後にいつも泣いていた。

わたしも一度だけ注意をされたことがある。なにをしたのだったか忘れてしまったけれど、ただ一度。

わたしが黙って父のことを見つめて座っていると、父はそれまで静かに話していたのに、ふっと口をつぐむと微笑んで、

「もういいよ」

たぶん五分もなかったのではないかな。一分くらいだったかも。

あの部屋に入れられるとき、弟はとても嫌がったけれど、わたしは少しも嫌ではなかった。むしろ父がすぐ傍で話してくれるので、うれしかった。

そのころ書斎と玄関の間の板間にはミシンが置いてあり、母がよく服を作ってくれた。弟と母はたいてい同じ柄。

「男の子だから地味なの。わたしは大人だから、男の子と同じ地味な色」なのだそうだ。わたしもお揃いがよかったのだけれど、しかたがないかな。

わたしには花模様のきれいな女の子色の生地で縫ってくれた。

持ってきた本や書くものを出そうとカバンの方に向かい、ふと、外がざわざわしているのに気が付いた。

なんだろうと、玄関の横の窓から見る。

隣の家だ。

いつの間にか小雨が降っていて、細くぽつんぽつんと、細かいしずくの中、何人もの人が隣の家に入っていく。

みんな、グレーがかった服装だ。

静かに家の中に入っていく。

細い石の段を上っていくと、繊細な作りの木の戸があり、その中にみんな、すうっと消えていく。小さく見える家だけれど、中はどれほど広いのかしら。何人も何人も中へ吸い込まれるように入っていく。

「法事かしら」

お天気雨は「狐の嫁入り」というけれど、これはまるで「狐の法事」。

神聖な狐の行い事。

「決して人が立ち入ってはならない」

でも、いつかわたしは見てもいい？

周りの景色の色がグレーと青の濃淡で、静かでとても美しい。

まさか、いつかのあの人だろうか、いえ違う。

中から出てきたのは、わたしの祖母くらいのその人。

よかった。ちゃんといてくれた。少し銀の混ざったその髪は光に当たるときらりと光り、狐の法事と同じく気高く美しかった。

ほっとしながら思い出しているのは、わたしがまだ小さく、お兄さんたちに会うよりももっと前のこと。

隣の家の庭に入り、散策していたら、細い石段の上の玄関が開いているのに気が付いた。

中を見ると、奥に細く長く廊下が続いている。裏の庭は木や草花がたくさん生えていて、まるで森のようだった。そこから吹いてくる風が木の香りを運んでくる。

それはとてもきれいでうっとりと見ていると、中からわたしの祖母くらいの年代の方が出てきて、

「どうしたの?」

と聞いた。

わたしが黙って立っていると（なぜ黙っていたのか今考えてもわからないのだけれど）、その人は、

「遊びに来たの?」

まだ黙っているわたし。

その人は少し横に体をずらして道を空けて、どうぞとでも言うみたいに、わたしを招き入れてくれた。

目がやさしい。

わたしは黙って板間に上がる。

その人は、庭の見える気持ちのよい少しひんやりする風の通る部屋に案内してくれると、テレビをつけ、その前にふかふかの座布団を敷いてくれた。

奥から、お菓子を入れた器とお茶を持ってきて、わたしの前に置いて「どうぞ」としぐさで言った。

わたしは座布団にちょこんと座りテレビを見た。まだ昼間で大人の番組しかやっていなかった。

黙って正座して見ていると、その人は廊下を雑巾で拭き始めた。

きゅっきゅっきゅっ。

音がするくらいに磨く。柱もなにもかもピカピカしている。

わたしはテレビの前のお菓子を見た。

大きくてもっさりしていて、小さな子には食べづらそうなお菓子で、ひとつ手に取ったけれど、大きすぎて残しそうなので、そのまま戻した。

お茶も少し持ってみようとしたけれど、わたしには熱くて、そのまままたお盆の上に置いた。

ガラス戸の手前の文机には、原稿用紙が開かれていた。書きかけのようだった。

右側に、鉛筆と消しゴムが置いてある。

そして、左側にコロンと転がっているものがある。なんだろうと少し背を伸ばして見ると、歯車だった。小さいのや大きいの……三つほどある。

そういえばテレビの下の透明の戸の中に歯車の本が置いてある。

『好きなのかしら？　だって歯車って面白いもの。わたしも好き』

テレビを少し見て、掃除の様子を見て、少し離れたところをその人が拭きに行ったとき、すっくと立ち上がって、そのままなにも言わずに出てきてしまった。

どうして黙って帰ったのかわからない。

きちんと「おじゃましました」と言わなければいけないのに、言わなかった。

次の日、またその人のところへ行くと、やはり玄関が開いていた。昨日と同じで裏の庭の木々の香りがとても気持ちよかった。じっと立っていると、またその人が来て、

「遊びに来たの？」

少し道を空け、どうぞと通してくれた。

わたしはまた黙って上がり、テレビとお菓子と掃除の様子を見ながら、しばらくいて、黙って帰った。

また次の日もそう。

黙って通してもらい、しばらくいて、庭の近くの部屋で気持ちよく過ごした。

そしてすっくと立って黙って帰る。

そんなことが何日も続いた。


『あのとき、とても気持ちがよかった』

木の香りのするピカピカに磨かれたきれいな廊下、部屋。

つけてくれたテレビ。

庭に面した窓の手前に置いてある文机。その上の原稿用紙、鉛筆、筆箱、歯車。
目の前のお盆に載っている、熱いお茶、もさもさの大きなお菓子。

あの人がいらしてよかった。

法事は、あのとき机に置いてあった書きかけの原稿……あの原稿を書いていた、その人？

確か文を書いていると聞いたことがある。

ううん、そんなことはないよね。きっとその人は今もあの机でなにか書き続けているに違いない。

家の中へ入っていく人たちをひとりずつ見ていて、幼い日遊んでくれたふたりのお兄さんたちが「いない……」ということがわかり、なんとなく少し気持ちが沈む感じがしたけれど、気を取り直して、部屋に視線を戻した。

『雨が降り出した』

みぞれになりそうな冷たい雨だ。

コップに入れたらみぞれ氷、蜜をかけて食べられる。この季節では欲しくないけれど。寒いもの。

今日は早めに食事の支度をして、暖かくしてゆっくり過ごそう。

正月のお餅が家にあったので、いくつか持ってきたのだった。今日は疲れたので、ご飯を炊かず、お雑煮に野菜と、先ほどの店で買った卵、ヨーグルトにしようかなと、支度にかかった。

わたしは小さなころからなんでもできるように育てられた。

弟もそうだ。

料理もきちんとできる。大変ねと人から言われることもあるけれど、でもなんでも自分でできるようにしておくのはとてもよいことなのだ。自分にとってもだけれど、人も守れるもの。

ほうれんそう、にんじん、だいこん（これも少し切って持ってきた）、しいたけ、焼いたお餅。

最後に、かつお節。

「あ、おいしそう」

なんだかうれしいな、と手を合わせ、

「いただきます」

かつおの風味が白い湯気と漂って、ふわんと匂う。

簡単な卵料理は半熟にして。

最後にヨーグルト。

白いヨーグルトが好きなのだった。


普段働いている母は休みになると、たくさん買い物をしにスーパーへ行く。そのとき、わたしも一緒に行き、荷物を持つのを手伝う。

弟は家にいれば行くのだけれど、たいてい友だちと遊びに行っている。

スーパーまでの距離は長く、小さなときは延々と歩いた思い出がある。

冬は寒く、夏はとても暑くて暑くて、ばててしまいそうだった。

そんなとき、ふいに牛乳屋さんが現れる。

牛乳や飲み物、ヨーグルトなどを売っている、今思えばたぶん卸のお店なのだと思う。ここで小休止。

母はいつも白いヨーグルトを買ってくれた。

「はい」

と渡された瓶入りのミルク色のヨーグルトは、ひんやりとしてとても気持ちよく、甘酸っぱくておいしかった。

あのときから白いのが大好きだ。


今日はこんなところかな、疲れているし。

明日の朝は昨日作ったトマトパンを焼こう。

鶏のハムも少し切って持ってきたし、野菜も一回分はある。

明日は、牛乳と野菜、その他の食材も買ってこなければ。

焚いてあったストーブで、部屋の中が暖まっていた。

片付けて、お風呂の支度をしながら、歯を磨いた。
少し休憩、と本を取り出してページをめくっていくうちに、こたつの中でうとうととしかけた。

「一緒に見ようね」

ふいに声が聞こえた気がして、ハッと目が覚めた。
あたりを見回したけれど、誰もいない。
いるはずがない。
今日の夜は、こたつの中で眠ろうかなと、中に潜ってみた。
暖かい。
目を閉じると、昼間見た薄い月が浮かんでいた。
昼間の月って好きだ。
スーパームーンの近づいたそれは、いつものよりも大きくて美しく、不思議だった。

一日目～月のない夜

草原を駆ける。
花冠、蚊帳吊草、蓮華の蜜、つくし。
裸足で草を踏む。ひんやりと湿っていて、とても気持ちがいい。
空は、満月四日前の少し太った月。
昼間に薄く現れた。
それはとても美しい。
見上げていると、両側にふっとお兄さんたちが来た感じがした。
「もうすぐ満月、スーパームーンだね」

こたつの中で目が覚めた。

そろそろお風呂にしようと、湯をかき混ぜると、ちょうどよい加減だった。

木で丸く組んだお風呂に、窓を開けると外は、

「雨」


サーッ。

雨が降っている。

「なあんだ、お月見しながら入ろうと思ったのにな」

少しがっかり。


二月末の雨は冷たい。

今日は窓越しに雨を見よう。

こんな雨の日も好きだ。

お風呂から上がり、夜用の水を透明のコップにつぎ、その他全部の寝支度を終えた。

雨の音を聞きながら、ふと思い出している。

数日前の夕刻、高校からの帰り道でのこと。


雨の日に、向こう側から来る電車を見ていたら、手前にいる人のシルエットが銀色に輝いて、とてもきれいだと感じた。

駅のホームでのこと。

でもその美しさには少し、もの哀しさもある。


その人もわたしも傘を持っていなかった。

突然の雨だった。

わたしの後ろの人にも、わたしが見たのと同じように見えたのだろうか。

わたしが銀のシルエットになっていて、それは美しかったかしら。


こたつにうつぶせになって、雨の音を聞きながら、うとうとしていた。

すると、部屋の中全体が見える気がした。

わたしは眠っているのに、部屋の中がわかる。

雨の降る庭の手前、細い木の廊下に座布団を敷いて、祖母がまあるくなって着物を縫っている。

母は台所。

トントントン。

包丁の音。白い湯気が立ち上り、おいしい匂いがする。

弟は奥の座敷で眠っている、遊び疲れて。

わたしのいる居間のストーブの前で、父が新聞を読んでいる。

ふとわたしの方を見て、ストーブを手でこちらに向けてくれた。

『あー、暖かい。お父さんありがとう。お父さんはだいじょうぶ？』

眠くて声が出ないので、そう心で思うと父は穏やかに微笑んだ。

ふっと目が覚め、あたりを見回すと、そこには誰もいなかった。

夢だったの……。

けれど、部屋全体に向けたはずのストーブが少しこちらを向いていた。

だからやっぱり、

「ありがとう」

二日目～ごめんなさい

次の日、雨はやんでいたけれど、空は薄く雲がおおっていた。

今日も月は見えないのだろうか。

でもまだわからない。雲と雲の合間から現れるかもしれない。

わたしは、朝の食事を済ませ、洗濯と片付けを終えると、身支度を整えて外へ向かった。

昨日の、食材などを売っている雑貨屋さんに行くのだ。

細い路地を下っていくと、少し大きな道に出る。

そこを曲がって少し行ったところ。

ガラスのドアを開ける。

「いらっしゃいませ」

今日は四十代くらいの女性だ。

店内の壁際にある冷蔵のスペースに向かおうとしていると、レジ付近の奥の方から、この店のご主人らしき人が現われた。

「今日はアルバイトは来ないのか」

「ええ、試験らしくて」

あの、大学生の人のことかな。

「そうか、いろいろ荷物が届くので、運んでもらいたかったんだが」

そう言いながら、奥の方へ行きかけた。するとレジの女性が、

「昨日の夜、家の前を通ったのだけれど、二階の窓の明かりがついていなかったの。きっとまだ大学ね。試験が終わったら、またすぐに手伝ってくれる、と言っていたけれど」

「そうか」

わたしはプチトマトと牛乳を選び、レジへ。

精算を済ませ、店を出た。

曇り空。
二月というのに、雨が降る前みたいな少し湿った感じの空気だ。
朝夕の寒暖差が結構ある。
こんな日は霧が出るかもしれない。
そういえば、と周りを見ると、少し青みがかっていて、鮮明ではない気がする。
わたしは帰路についた。
帰り道の神社に、今日は誰もいなかった。
角を回ったところの縦長の家からのピアノの音は、今日もしない。
わたしの頭の中では、幼い日に出会った人はそのままの様子で出てくる。
でも実際にはそうではないのだろう。
わたしだって大きくなったのだもの。
きっとみんなだってそうだ。
でももしかして、前のまま、そのまま、ということもあるのかもしれない。
わたしだってもしかしたら実は、気が付くとこたつの中で眠っていて、

「なあんだ、全部、夢だったの」

と、もみじの手で目をこすりながら起きる。

そういうことも、ときにはあるかもしれない。

いろいろ考えながら歩いていたら、行きよりも早く家についた。

ふと、右手、道の向こう側を見ると、白いつつじのある大きな家があった。

昔、その家の母娘が大切にしていた真っ白いつつじの花を、弟とふたりで全部摘んでしまったことがある。

あのときは、あまり悪いことだとは思わなかったのだけれど、でも本当によくないことをした。

ごめんなさい、と今ならきちんと言える……たぶん。

そのままなのだ、ここはずっと。

家の鍵を開け、中へ入る寸前、隣の庭を見た。

それはとても静かだった。ほんの少し庭の木が揺れている。

今、誰かが通ったときみたいに。

わたしは家に入った。

入るときに、白いもやがすうっと一緒に流れてきた。

霧だ、霧が出てきたのだ。

吸い込まれないようにしなければ。

霧は人を惑わせる。

そっと戸を閉めた。


わたしは買ってきたものを冷蔵庫に入れ、カバンから宿題を取り出した。

それをテーブルの上に載せ、取りかかる。

数学のプリント一枚、国語は好きなタイプの宿題、文章を作るものだ。

小学校のとき、塾で、先生に、

「どれどれ。今度はなにを書いてきたのかな？　あなたの文、とても面白いわ」

小さなスペースに、わたしは細かい文字でぎっしりと物語を書いたのだけれど、それを先生はいつも楽しそうに読んでくれた。

わたしは、きょとんとしていた。

自分が楽しくて書いたのだけれど、そんなふうに言ってもらえるなんて。

でも、とてもうれしかった。

他の教科からもプリントが二枚。

好きな国語の文章の宿題を一番初めにやった。

次に数学。休んでいたところなので、前のページに戻り、例題を見ながら解いた。

そこまでやって、「あとはまた明日にしよう」と、カバンの中に片付けた。


風の吹く日や雨の日はひとりで音を聞いている。

想いはどんどん前のわたしに戻っていき、遠い昔、疑問に思ったことや、悲しかったこと、困ったこと、そういうことが今ならひとつ、またひとつとわかっていく。解けていく。解答を読むみたいに。

「ああ、あれはこんなふうなことだったのだ」

そのころに行って、小さなわたしに言ってあげたい。

「だいじょうぶ。きっとうまくいく」

ふと、外がとても静かなことに気が付いた。

窓を見ると、濃いミルク色の雲のようなものがゆっくりと渦を巻くように流れている。

わたしは、外へ出た。


玄関から出ると、一メートル先も見えない。

通りの車の音も消え、草の揺れる音もしない。

みな、息をこらしてじっとしているようだ。

ひんやりとしたものが通り過ぎる。

ひとりで立っている自分。

誰もいない。

しばらくそうしていると、やがて少しずつ霧の切れ間が見えてきた。同時に音も戻ってきた。

リーン。

季節外れの風鈴だ。

どこかの家で、しまうのを忘れてそのままにしてあったのだろうか。

涼やかな音色は夏のものだもの。

向こうの方から誰かが来る。

日本手ぬぐいを頭にかむり、農作業の格好で、リヤカーを引いている。

野菜、フルーツなどを乗せて。

「いろいろありますよ。りんご、イチゴ、キウィ、グレープフルーツ、キャベツ、白菜、セリ、ゆり根」

昔、母がこんな日に売りに来た人から黄色の小さな瓜を買ったことがある。

確か二〇〇円くらいだったと思う。小ぶりで手の中にそっと収まった。あとから剥いてくれたのを食べたら、とてもおいしかった。

こんなふうに売りに来るものは、スーパーなどに出荷する青いうちに収穫されたものとは違って、畑でぎりぎりまで熟すまで待っていたものなので、とてもおいしいのだ。

わたしはその中から、ゆり根、キウィふたつ、グレープフルーツ、セリを買った。セリはお浸しに、ゆり根はお吸い物にしようと思った。海藻や葉物と一緒にいれると花びらのようで美しいのだもの。

ここはこんなふうに、今でも農家の方が売りに来るのだ。とれたてってうれしい。ついつい買いすぎてしまいそうだったので、これだけにしようと思っていると、

「ああ、そうそう、こんなのも」

底の方から黄色い瓜を取り出して、

「ハウスで作ったもので、まだ時期には早く、あまり甘くないかもしれないけれど、でも結構おいしいんですよ。二〇〇円でいいですよ」

『あ、お母さんのときと同じ値段だ』

黄色の瓜は、ずっと前に母が買ったものとちょうど同じくらいの形、大きさだった。

農家の人の手の中で黄色くころんと収まる丸い瓜は、きれいでおいしそうだった。
わたしはお礼を言って別れ、それを玄関の履き物入れの上に置いた。
『寒い時期だもの。常温でもしばらくはだいじょうぶ』
霧がまだ薄く漂っている。でもじきに晴れてくるだろう。

少し急いでいる。
先ほど玄関に戻る寸前に向こうの方に幼稚園が見えたのだ。
白い門。
たぶんあれは小さなころ通った「白い竜の園」だ。
玄関の鍵を閉め、そちらの方へ向かう。
まだ薄く霧があるためか、人が出ていない。
細い路地を下って通りに出て、左右確認をし、渡った。
家と家の間、植木に囲まれた白い門。
やはりそうだ。わたしの園。

白く低い門に手をかけて、中を見た。

手狭な小さな中庭。それを囲むように、赤ちゃんの赤組、少し大きな黄色組、一番大きな青組のクラスがある。

あのころ広く見えたのに、『こんなに小さかったのだ』と思った。

わたしはよく脱走をした。

門はいつも閉めてはあるのだけれど、門と塀の間に隙間があって、体を横にしてするりと抜けられる。

そうして抜け出したら、道々、花を摘み、歌いながら、歩いて家に帰った。

「どうしたの！　もう終わったの」

「うん！　ただいま」

元気よく帰ったわたし。

またすぐに連れ戻されたけど、次の日も脱走した。

帰り道のひとりの散歩はとっても楽しかった。

クリスマスの次の日。

「昨日ね、サンタさんからプレゼントが置かれてあったの！」

うれしそうに言う女の子。

当時、クリスマスプレゼントはあまり一般的ではなかった。

たいていの子は「えーっ、いいなあ」とうらやましそうにしていた。

少し離れたところでそれを見ていたわたしも「いいなあ」と思った。

天に向かって、「きっとわたしがあまりいい子ではないから、まだもらえないのだ。でもいつかいい子になって、そうしたら、プレゼント、もらえますように」

お祈りした。


キー。

手を添えていた門が少し開いた。

中へ入る。小さな中庭を歩いて、砂場の横を通り、教室の前の花壇や部屋の中の園児が描いた絵を見た。

「雪だるまを描きましょう」

色とりどりの家々の前に、雪だるまが描かれていた。

わたしは、オレンジで描いたことがある。

「なんでもいいです。一番好きな色で描いてね」

と言う先生の言葉に、

『え、いいの？　一番好きなので描いていいの！』

わたしは当時一番好きだったオレンジで濃く濃く描いた。

とてもきれいに描けた。

「ふう」

満足して周りを見ると、まだみんな一所懸命描いている。そしてそれは白い色。

『あれ？　どうしたのかな。どうしてみんな白いのかな』

不思議に思ったけれど、『でもいいの、わたしのが一番きれいに描けているのだもの』そう思い、

「さあ、みんな描けたかなあ」

見回りに来た先生の顔を得意げに見上げた。

すると先生はハッとした顔で、わたしの絵を見て、そのまま行ってしまった。

『いいわ、お母さんに見てもらってほめてもらうんだもの』

家に帰ると、母に「とってもきれいに描けたの。明日、絶対に見に来てね」と頼んだ。

「はいはい、見に行きますね」

次の日、たくさん貼り出された白い雪だるまの中に、ただ一枚。

「オレンジ色の雪だるま」は、わたしのだけ。すぐにわかった。

得意げに案内したわたし。

「ほら、これ！」

それを見た途端、ハッとした顔をしてわたしの手をぎゅっと握り、引っ張って、家に足早に帰ってしまった母。

あれ？　どうしたのかな。どうしてほめてくれないのかな。

家に着くと奥の方で、祖母と、そのとき家にいた父となにやらひそひそ話している。

「おかしいのではないかしら」

そんなふうに声が聞こえた。

なにがおかしいの？

どうして？　何を話しているの？

やがて、父に呼ばれて、前に座らされた。そして、

「いいかい、雪だるまはね、白か、せめて青い線か黒で縁取りをして、中は白く描くんだよ。わかったね」

何度もそんなふうに言われた。

なぜそう言われるのか、わたしにはさっぱりわからなかった。

だから「わかった？」と言われても返事をしなかった。

雪だるまが白いことは、わたしはちゃんと知っている。

でも何色で描いてもいいって先生が言ったもの。

どうして白にしなければいけないのかわからないもの。

そのときにわたしは、大きくなって周りにいた子が何色で雪だるまを描こうとも、

わたしはそんなふうに言わない大人になろう。「きれいに描けたね、とっても素敵」そう言おう、と思った。

一所懸命に、そして楽しく描いたそれは、素敵な絵に違いないのだ。

でも父の言い方は傷つかなかった。静かにやさしい目で言ってくれたのだから。黄色組。あのとき、真ん中より少し前のあのあたりの席でわたしは座ってオレンジの雪だるまを一所懸命に描いたのだ。

とってもきれいに描いて満足したのだ。

「くすっ」

わたしは笑った。

大きいのも小さいのもいろいろある部屋の中の雪だるまは、みな、真っ白だった。

「本当は何色でもいいんだよ」

声に出して言ってみる。

園を出て少し歩いて、家に通ずる道に入ると、数メートル先に女の子がいるのに気が付いた。

黒い髪。なぜか少しかがんで自分の膝を見ている。

足に少し赤く血がにじんでいる。

ああ、転んだのだ。

わたしは持っていたティッシュに近くの水場で水をふくませて、

「少ししみるかも、ごめんなさいね」

やさしく拭いて、ポケットからばんそうこうを取り出し、貼ってあげた。

その子の目がほっとしている。

そして足を見ている。

「ばんそうこう貼ってもらっちゃった」

そんなふうに思っているみたい。

「家は近くなの？　ひとりで帰れる？」

その子はこくんとうなずき、歩いていった。

わたしの家の方向だった。

まだ霧が少しあり、それに気を取られているうちに、女の子はもういなくなっていた。


数軒先に確か駄菓子屋さんがあったことを思い出し、そちらに向かった。

そこはいつもおばあさんがいたのだった。でもときどき、おじいさんが店番をしていることがあって、なにか聞いても「ああ?」と聞き返すものだから、いいやと思い、大体の感じでいつも買ったりしていた。

お店は閉まっていた。

ガラスの戸から中を覗くと、ケースにいろいろ並べてある。

くじ、景品の駄菓子、紙飛行機、黒棒、小さなチョコ、ふうせんガム、ラムネ、紙風船。

ちょっとした雑貨も売っている。

中に新聞が置いてあり、一面に、

『もうすぐスーパームーン』

と書かれている。

大きく月の写真、満月の少し前のほんの少し欠けている月。

見えるといいな。

霧は続くのかしら。

晴れるといいな。

わたしは、来た道を戻った。

玄関の鍵を開け、中へ入り、こたつをつけた。

ぽうっと暖かくなったころ、こたつに入って、読みかけの本を出した。

葉っぱのしおりのところを開いて、字を目で追っていると、文字がだんだん絵文字になっていく。

馬の字は馬の形になり、紙を抜け、駆け出す。鳥はつばさを広げ、パタパタと羽ばたく。魚は空を泳ぎ、火はバチバチと音を立て、木はぐんぐんと伸びる。

ウサギがぴょんっと飛び出たところで、

「あー、待って。あなたも行ってしまうの。そうしたら真っ白になってしまう。だってあなたが最後なんだもの」

わたしは抜け出して遊んでいる文字たちを目で追いながら、部屋の中を見た。

あれ？　部屋の中が全部、横になっている。

ああそうだ、いつの間にかテーブルに突っ伏していたのだ。

だから、部屋全体が横。


庭のところに誰かがいる。新しい物干し竿をかけている。


こちらを向いたその人は父。

きれいになったと目で微笑んでいる。

「うん。きれいだね。サオ屋さんが来たの？」

「そう。お母さんに頼まれていたんだ。今買い物に行っているよ」

「それからお豆腐屋さんも来て、今日はよいのがあったものだから。あとで、デザートを作ってくれるって。豆腐のババロア。レモンシロップをかけて食べるとおいしい。

楽しみだね」

「わたし、ゆり根を買ったの。ワカメと薬物を一緒に入れてお吸い物作るね」

「なんでもできるようになったんだね」

食はすべての基本。料理は思いやり。きちんと考えないといけないのだもの。

おいしいの作るからね。

父はうなずいた。

ふっと気が付き、上体を起こし、周りを見回す。

ああ、なんだ、いないのだ。


外は薄い曇り。

でも洗濯物はやはり外。軒下に干そうかなと庭を見ると、

「あ」

竿が新しくなっていた。

やっぱりいたの。

だって、約束したものね。

「傍にいるからね」って。

「ずっと一緒にいるからね」って。


薄い曇りの空。

「晴れるといいなあ」

ほんの少しでも、月を見ることができたらいいな。

隣の家の裏庭を越えたところにある「そこ」を思い浮かべながら願った。

「その林を抜けると、開けた少し小高くなっているところに出て、そこはとてもよく月が見えるんだ」

確かそんなふうに言っていた。

今から行ってみよう。少し早いけれど、前準備だ。よその人のお庭だけれど。

わたしは暖かい、中に綿の入った上着を着てマフラーを巻くと、家を出た。

そうして隣の細い石段を上っていこうとしていると、

「カタン」

音がして、細い石段の上の方から女の人が現れた。

わたしの祖母くらいの年代の方だ。

「あ」

その人は遠い昔、わたしのことを静かに招き入れてくれた、あの人だ。

その人は、こちらをじっと見て、少し首を傾げるようにしたあと、微笑んだ。

「遊びに来たの？」

わたしが黙って立っていると、その人は、来た道を戻り、細い木の玄関戸を開け、手で、

「どうぞ」

と言うみたいに招いてくださった。

わたしは、ぺこりとお辞儀をし、中へ入った。

裏の戸が開いていて、広い庭の木や草の香りがすーっと漂ってきた。

ひんやりと心地よい。

ピカピカに磨かれた廊下を行き、一番初めの部屋のテレビの前に座布団が置かれ、そこに座った。中に入ってすぐの所に、ストーブがつけてあり、部屋の中はほんのりあたたかかった。

その人は、テレビをつけて、もさもさとした大きめの駄菓子と熱いお茶を前に置いてくれた。

わたしはつけてくれたテレビをぼうっと見たり、大きなガラス戸越しの美しい庭を見たりした。

おぼろげな記憶と、一つも変わらない。

部屋の隅に文机があり、その上に原稿が置いてある。閉じられている。ここの主の方のだ。

ものを書くお仕事なのだと母が話していたことがある。

今はどのようなのを書いているのだろう。

ふとそう思い、そうしてまたテレビを見た。

お茶は、手に持とうとしたのだけれど、わたしには熱すぎて飲めなくて、そのまま置いた。お菓子は大きすぎて残しそうだったので、やはりそれもそのままにした。

その人は廊下や窓ガラスの桟を布で、きゅっきゅっきゅっと拭いている。

ずっと掃除をしている。

しばらくそうしていて、その人がバケツの水を換えに席を立ったとき、わたしも立ち、そのまま黙って帰ろうとした。そのとき、庭の向こうの植え込みあたりに誰かが立っているのに気が付いた。

和服姿、細長い格好に丸い眼鏡の男の人。

「あの子たちはまだ帰らないのか」

光が広がるように声が聞こえた。

すると、奥の方から、

「ええ。一度戻ったのですけれど、アルバイトがあるとか、そんなふうに言っていたのだったかしら。いいえ、そうではなかった、大学へ戻っていったのだったわ。なんでも試験の科目が残っているみたいで。でもあと少しだと言っていましたし、じきに戻ってくると思うのですけれど」

あたりに凛と響くみたいに聞こえた。あの祖母の方の声だと思うのだけれど、まるで別の人のようにも聞こえた。美しい楽器の音色のようにも思えた。

「そうか」

丸眼鏡の男の人は腕を着物のたもとに入れ、庭の木を見ている。

『戻ってくる』

なんだかどきっとし、そのまま黙って廊下へ出た。

そのとき、

「もうじきスーパームーンだからね」

こちらに向かって話しているような気がしたので、振り向くと、丸眼鏡の男の人はわたしの方を向いているわけではなかった。けれど、なんだか声がこちらに来た気がして、黙って立っていると、その人は庭の林の向こうの方を見ながら、

「あそこの木々の間を通ってしばらく行くと、少し小高くなっているところがある。そこをさらに行く。そうするとザーッと開けたところに出る。一面周りが見渡せるのだ。そこから見る月が一番美しいのだよ」

そう言うと、そのまま遠くを見るような目になった。自分の考えに入り込んでしまったのか、それきり話さなくなった。

なにかの物語が心の中を巡っているのかもしれない。

わたしは元の方へ向き直り、廊下を通って玄関へ。そのまま靴を履き、家を後にした。外の細い石の階段に向かうころ、

『そうだ。お兄さんたちとの約束』

思い出した。

「一緒に見ようね」

林の向こう、少し小高くなっている「そこ」を目指して行かないと。

その日は、薄い曇り空。月も星もなにもなくなりそうな夜。

けれどそんなに濃い雲ではなくて、晴れていく感じがする。

空を見る。ところどころ薄く向こう側が見える。

その光を見ている。

あのときは小さかった。

小さな子はなんだかこころもとなくて、あまりいろいろできない。

でも今は違う。庭の林の向こう、小高いところを通り抜け、夜でも行くことができる。隣町のお祭りへも、その向こう側へも、もっとずっと遠くへもどこでも行ける。

『今どこにいるの？　お兄さんたち。わたし、ここに来たの。ちゃんと思い出したんだから。あんなに小さかったのに。ちゃんと覚えていたの。だから、わたしのこと迎えに来て。毎日毎日また、『ゆーきーちゃん』って遊びに来て！』

わたしはあのとき、謝ればよかったのだ。

「お兄さんたちは悪くない。ただわたしのこと、連れて行ってくれただけなの。金魚いるよって教えてくれて。連れて行ってくれて。わたしはとても楽しかったの。わたしがごめんなさいなの」

あのときまわりにいた大人たちにそう言えばよかった。

そしてお兄さんたちに、

「ありがとう。わたしがちゃんと言わなくてごめんね」

って言いたいの。

三日目〜とても素敵な夢を見た

空は昨日よりもさらに雲が薄く、絹のようになめらかだ。

向こうの高いところで太陽が白くぽうっと明るい。傘はいらないかな。

いろいろ揃えたくて、少し遠くのスーパーへ行こうと思った。よく母と行ったところ。

この細い筋をずっと行き、大きな通りに出て、道路沿いに歩いていく。三十分くらいするとあるのだ。

途中の、ときどきヨーグルトを買ってもらった牛乳屋さんはあるかしら。もし今でもあったら買って食べようっと。ふたつ。小さかったときはひとつしか買ってもらえなかったもの。

野の花刺繍の小さな手さげの中に、ハンカチとお財布を入れ外へ出た。

まだ薄く曇っていて少し寒いので、外にあまり人がいない。

車も少ない。

そういえば牛乳屋さんの横のガレージに、当時まだ生まれて間もないブルドッグの子犬がいた。

くしゃっとした顔で、それまではブルドッグのことをそんなにかわいいと思ったことがなかったのだけれど、その子は違っていた。いつも鎖につながれていて、外を見ていた。夏は土間に体全部をくっつけて、ぺたーっと伸びて涼んでいた。ころころと転がっていたこともある。土間の石が冷たくて気持ちよかったのだろう。その様子がとてもかわいかった。

わたしはあまり頭を撫でたり、そういうふうにすることはなくて、ただ、目で挨拶した。

以前の事、ペットショップに連れて行ってもらったことがある。

かわいい小さな犬や猫、小鳥、ハムスター、金魚、たくさん並んでいて、いろいろ見て回っていた。

大きいみかん箱くらいの檻があり、その中に大人の猫が入っていた。

どうも売れないまま大きくなってしまったようだ。

ペルシャ猫のように毛が長くさらさらときれいだった。

目が合った。すると、檻の間から手を、するんと出してきた。

なんかかわいい。

でもどうすればよいのかとまごまごしていると、後ろから来た父娘が、「あの猫、手を出してる」と言いながら近寄ってきた。

すると猫は手を引いてしまった。

その父娘が立ち去ったあと、わたしは猫の前に立った。

するとまた、するんと手を出した。

触りたかったけれどなんとなく臆してしまい、結局そのまま通り過ぎてしまった。


わたしは、動物たちに決して嫌われているのではないと思うのだけれど、あまり撫でたりはしない。なんだかかわいがるというのが、恥ずかしいようなそんな気がする。

ときどき目が合うだけで、心が通ずるような感じがすることがある。そんな時は、うれしくなる。

ブルドッグの子犬とも、いつも見つめ合ってそこを通り過ぎたものだった。ときどき他の人に「ワン！」と吠えていたのだけれど、わたしには一度も吠えたことがない。

あの子は元気でいるかしら。

大きくなっている姿を想像しながら歩いた。

やがて見えてきた、牛乳屋さんとその向こうのガレージ。

まず牛乳屋さんの前を通り過ぎて、ガレージの前まで行った。

「いない……」

あの子は大きくなっているはずだった。顔は一段とくしゃっとなっていて、でもなんだかかわいく、どんと座っていて、だいぶおじいさん犬になっていると思っていた。

わたしたちは見つめ合って、

「久しぶりだね。元気だった？」

「わん」

吠えるのではない。目で挨拶をするのだ。

そういうはずだった。

わたしが最後に見たのは、ずいぶん前、三歳のときだった。

「散歩しているのかもしれない」

少し戻って牛乳屋さんに入った。

「ごめんください」

少しして中から男の人が出てきた。

「はい」

「白いヨーグルトください。ふたつ」

お金を出し、すぐ傍に食べる人用の椅子が置いてあるのでそこでいただこうとすると、

「久しぶりだな、そんなふうにそこに座って食べる人は。ずっと以前にはときどきいたんだけれどね。そういえば日曜日のたびに、来てくれた母娘がいたことがあったよ。

ずっと前にね」

わたしは、『あ、それわたしのことだ、きっと』と思ったけれど、なにも言わず、少し会釈してそこでいただいた。

瓶を返そうとすると、奥の方で配達の人が呼ぶ声がして、牛乳屋さんは出ていった。

「ごちそうさまでした」

と、奥の方に向かって声をかけ、瓶をケースの上に置くと、

「はい、またどうぞ」

そう言って、そのまま配達のお金のことなどを話している。その相手を見ると、いつかのあの神社で虫取り網を持っていた人だった。

その人もこちらに気が付き、少し動作が止まった。

でもなんだかむすっとした感じの人で、すぐそのままわたしはお店を出た。

わたしは小さなころはなにも言わない子で、黙ったままでいたから、いけなかったのだけれど、今はこんなに大きくなって、これからもっと大きくなるし、もう負けな

い。

今度はきちんと言えるもの。自分のことも、人を守ることだってできる。

てくてくてくてく歩いてスーパーに着いた。よく母と行ったところだ。まだやっていたのだ。よかったと思った。あのときは延々と三十分以上も歩いたと思ったのだけれど、十数分くらいで着いてしまった。

少し改装したらしくきれいにはなっていたけれど、前のままだった。入り口にきしめん屋さんがあって、おいしいおにぎりもまだやっていた。

今日のところはそこを通り過ぎて、お店に入る。

入ってすぐに野菜と果物売り場があったので、いちご半パックといよかん一つ、にんじん、トマト、たまねぎ、じゃがいも、なす、しめじをひとつずつ買い物かごに入れた。

鶏肉少しと、寒天も小さな袋のものを選んだ。

「あとから煮溶かしてフルーツ寒天作ろうっと」

母の作ってくれたカレーライスが大好きだったので、今日はそれにしよう。そして少し残して、明日の朝、カレーピザにするのだ。朝はいつも七から十種類の野菜と果物のジュースをミキサーで作る。小さなミキサーが置いてあったので、ここでもできる。

なるべく一個ずつ、一本ずつ買おう。荷物は小さくしなければ、重いもの。

支払いを済ませ、家路へ。

しばらく歩き、道路から細い道に入ったところで、ふと見上げると透けるような水色の空に薄く月が浮かんでいた。

霧が晴れたのだ。

左下のところが少しだけ欠けている。左側のふくらみがもうひとつ。けれど、それはとても美しい。

こんなふうに、この月のようにくっきりとすればいいのにね。自分はいつも黙っていたから霧の中だったんだね。

だから、これからは文や絵を、内側ではなく形で表すね。と、月に語りかける。

明日は満月。

ほんの少し、薄い雲がある。
少し不安だなあと見ている。
でも天気予報では、
「明日は夜に向かうほど雲間が見えてくるでしょう」
とのこと。
その日は早々に床に入った。
そしてすぐに意識が遠のいた。
星空と草の原をどんどん進んでいく。
向こうの方から大きな月が現れる。
それは本当に美しい。見惚れているわたし。

ふと目が覚めた。
夢の中のことが何度も心の中で響いてこだましていた。
あたりはまだ夜の色。
そのまま、また目を閉じた。
心がゆったりと落ち着いていた。
そして明け方、わたしは、
「とても素敵な夢を見た」

四日目〜スーパームーンの夜に

今日は、一日の支度を早く終えて出かけよう。
薄雲の流れは少し気になるけれど、雲の合間から見るのだ、月を。

庭の林を抜けて、その向こうにあるというところ。

そこはきっと一面、星の原。

起きたら、まだ夜明け前だった。
父の書斎に行った。
木のシンプルな机が窓際に置いてあり、木目がとてもきれいだった。
一番美しいのを選んだのだ。

本棚には、美術の本、映画の本、クラシックや映画音楽のレコードが立てかけてあった。

ひとつずつ手に取り、見てみる。モネの睡蓮の花は、まるで眠っているようだ。静かな寝息が聞こえるよう。

こういうのでいっぱいにしたかったんだよね。できなかったけれど。

でも、わたし、今からその続き、するからね。

ふと顔が少し暖かくなってきた。見上げると、外から、朝日が、飴色の窓ガラスを通って、部屋の中に色を付けながら入ってくる。

そうしてゆっくりと広がっていく。

その様子をうっとりと見ながら、窓を少し開ける。寒いから少しだけ。

ここはゆっくり時間が流れている。

まるでみんなが奥の座敷でまだすやすやと眠っているような錯覚をする。

窓の外はここととは違う世界。

時の流れに差がある。

それとも、こちらが逆に進んでいるのかしら。だからだんだん誤差ができてくるのだ、きっと。

わたしの話が他とあまり合わないのはそのせいかもしれない。

外はまだ眠っている。

この感じがとても好きだ。

ここだけが目が覚め、時が動いている。

いつもと逆だね。

たいていこちらがゆっくりなのだもの。止まっていると思われているかも。

でもときどきわたしは早くなるの。

それは誰も知らない。

みんなが気が付くと、こちらはまったく別のところへ行っている。

なんとなくうれしく思い、朝の支度を始める。

トントントン。

包丁の音。

朝はカレーピザと思ったけれど、なんとなくほっこりあたたかな汁物が食べたくなった。だから、薬物としいたけ、卵を入れてお雑煮の鍋にかけておいて、七種類の野菜と果物のミックスジュース、わたしの好きな白いヨーグルト。

今日はいろいろ早く掃除や支度をして、夕から夜に備えないと。

するりと横になり、門を通り抜け、林の奥の奥のずっと向こう。

あとから少し買い足しもして。

父の集めた昔のレコード盤があったのでそれをかける。

小さなころ好きだった『白鳥の湖』のB面、『くるみ割り人形』がある。

真ん中あたりにある中国の踊りはとても好きだった。

でもこの朝は、もっと静かで単調の、落ち着くサティ。『ジムノペディ』は、裸の子供という意味らしい。サティは友人からそういう名前の祭りがあることを聞き、そのタイトルが気に入って、実態をもたせるために作ったと言われている。「音楽界の異端児変わり者」だって。

「ふふっ面白いの。なんだか素敵」

素敵な曲なのに、なかなか評判がよくならなかったと、なにかに書いてあった。でも少しずつ芸術家の方たちの間で人気になり、広まっていったのだそう。

そのときすぐに答えが出なくても、がっかりしなくてもいいの。それが本当ならば、少しずつだんだんとわかっていくのだから。

食事を終え、片付けをし、窓の外の光の色を見ると、

「薄い曇り……」

でもまだわからないよね。今日はきっと晴れる。雲の流れをじっと見つめて、必ず晴れ間を見つけるのだ。

軽く掃除や洗濯をし、その他の支度を終え、小さなゆれる野の花刺繍の手さげにお財布などを入れ、玄関に出た。

隣の家を見ると、すーっと風が吹いてきた。青い草の香りのする冷たい風だ。二月だものね。

今夜は、服の上に服を着て、そのまた上に着てさらに着て、かぜをひかないように、たけのこや、みの虫、たまねぎみたいに、「剥いても剥いても服」になって、行くの

だ。

近くの雑貨屋さんに行った。

まだ早いのでいろいろ揃っていない。

「もう三十分ほどすると、野菜とかいろいろ持ってきてくれるんですけれどね」

お店の女性の方がそう言った。

奥の方から、ご主人が話しながら出てきた。

「今日は来てもらえるんだったかな？」

「え？　ああ、そうそう、昨日も二階の明かりが消えていたんですけれどね。なんでも今日はとても大切な用事があるとかで。こちらの方にも来てくれるそうですよ」

「そうか、よかった。そうしてくれると助かるよ。荷物がたくさん来るんだからね」

ご主人はほっとした顔で奥の方に戻っていった。

わたしは、シナモンスパイスと、棚の上のココアを一袋取った。レジに行くと、台の上に新聞が置いてあり、一面に、

『今宵はスーパームーン』

『夜になるにつれ雲もなくなるでしょう』

わたしは会計を済ませ、そこを後にした。

少しほかにも寄ろうかと思っていたのだけれど、やめにして、家に戻った。

その日は入っていない部屋の掃除をした。片付けもほとんどなかったのだけれど。

そのまま外には出ず、少し残してあった本の続きを読んだり、日々の用事を済ませたりして、あとは落ち着いて夜を待った。

薄く雲はあるものの、ときおり曇りの向こう側に白くぽうっと太陽が映った。

暖かい格好でこたつに入り、宿題の残りを済ませようと本を開いたものの、すぐに閉じてしまった。

なにも手につかない。

なにかをしようと始めても、すぐやめてしまう。気が途切れてしまう。

そんなふうにして一日過ぎていった。

そうしてあたりが薄紫色になってきたころ、ふと顔を上げた……。

上着を着て、そのまた上に羽織り、たくさんたくさん着込んで、ふわりとマフラーを巻いて、

「これでよし、と」

木戸を開け、外へ出ると、鍵を閉め、隣の家へ。

細い石の段を上ると、一階の奥の方でぼうっとオレンジ色の明かりが灯っているのが見えた。

たぶん、あの祖母の方が奥の部屋にいるのだ。

こたつの中で暖かく過ごしているのかしら。寒いものね。風邪ひかないようになさってね。

そう思いながら、門と植え込みの木の間をするりと横に抜けて庭へ。

『あの向こうに小高い丘のようなところがあるのだ。そう言っていたもの』

そちらに向かって歩いていった。

家を通り過ぎるときにふと二階を見ると、明かりはついていなかった。わかっていたもの。なんとなくそちらの方が寒い感じがしたから。でも気を取り直して進む。

二月の夜の空気は冷たい。今日は例年に比べて気温がそれほど低くないとは言っていたけれど、やはり寒い。

たくさん着込んできてよかった。

白い石がところどころに落ちていて、それは足元を照らす道しるべのようだった。

風の音がときおり草に触れながら吹く。さらさらと音がし、楽器の音色のようだった。

林の細く立っている木々がまるで影絵のようだった。

ん？　ということは、そうだ。薄い雲の向こう側から月が少し照らしているのだ。だから影絵のように見える。

空を見ると雲に大きな空間、切れ間がある。切れ間に間に合わせようと歩調を速めた。ぐんぐん行くと、影絵の林はやがて途切れて、その向こうに、ぽっかりと開いた空間に出た。

丘の上の草の原だ。

「ここだ！」

上一面が空、下に家々の明かりがまるで星のようだった。

「きれい！　なんてきれい」

少し見ていて、後ろを向くと、遠くに、今通り抜けてきた家が小さくあり、二階の明かりはまだついていなかった。

『うん、わかってた。だって後ろが寒いもの』

少しうつむきそうになる心を上に向かせようと、空を見てハッとした。

スーパームーン。

それはとても美しい。本当に大きい。手を伸ばせば、まるであと少しで届くみたいに思えた。

あのお兄さんが言っていた通りだった。

今ここにはいないけれど。でもそんなに遠くではない気がする。

そう自分に言い聞かせながら、だんだん下を向きそうになっていると、
ぽうっ。

後ろの方がなんだか明るく暖かい気がしたので、振り向くと、二階に明かりが灯っ

ていた。

帰ってきたのだ。

わたしの心にも、ぽうっと明かりが灯った。

それはとても暖かい。

そしてそのままもとに戻り、空を見て待っていると、
ガサッガサッ。

草を踏み、かき分ける音がだんだんと近づいてきた。

そして、ふたりはわたしの両側に立った。

大きい方のお兄さんは、あのときと同じ右側。

小さい方（ううん、今は三人の中で一番大きい）のお兄さんは左側。

「こんばんは」とも言えずにつっ立っているわたし。

大きい方のお兄さんは、ポケットからカサカサとだしてわたしに「はい」と渡した。

それは、十センチ四方くらいの小さな紙の箱、白く細いレースのリボンがかけてある。なんだろうと、受け取り、開けてみる。

中は、細く切った紙がふわりと敷かれ、白く美しい貝殻がきれいに並べてある。

真ん中には細いほね貝。

小さなとき一番好きだった貝だ。

他の貝もとても綺麗でかわいらしい。

「真っ白な貝殻。とっても素敵！」

「良かった！　前に約束したでしょう。渡せないまま、居なくなってしまったから。真ん中のほね貝は土産物屋で買ったんだよ。当時、おこづかいでね。ほね貝が一番好きだと言っていたから」

「ありがとう」

下のお兄さんもなにかこちらに渡してくれた。

先程のよりも少し長ほそい。

七センチ×十二センチくらいの小さな紙の箱に、少し紫がかった朱い刺繍糸で蝶々に結んである。

受け取り、中を見ると、

細く切った紙の中に、ピカピカとグリーンに光る紙でできた美しいタマムシがすっと入っている。

羽だけではなく足も触角も全部紙でできているようだ。

「タマムシ、とっても綺麗！」

「そう。今の時期はいないから作った。なにか似た感じのものも探したんだけど」

「ありがとう」

それから、と、大きい方のお兄さんがもう一方のポケットからなにかを取り出した。

「歯車」

「うん。祖父にもらったんだ。生前最後に会ったときにね。文机の奥から出してきて。弟と一個ずつくれたんだよ。スーパームーン、見たがっていたのにな。なにかな、この歯車。なんかきれいだ」

「……」

わたし会ったもの、と言おうとしたけれど、やめて黙って歯車をポケットから取り出した。

「あ、もらったんだね。みんな少しずつ違うね、形」

こくんと頷くわたし。

大きい方のお兄さんのは、アンティークな金色で一番大きくしっかりした造り。

小さい方のお兄さんのは、光を抑えた銀色、中の軸が長い。

そしてわたしのは一番小さくて真ちゅう色、レースのようなきれいな形。

それぞれのを静かに見ていると、

「なんだかあんまり変わんないね」

と下のお兄さん。わたしの背の高さを手で測る。自分の肩にも満たない。

「むー」

と、ムスッとした顔になったわたしを見て、「こらっ」と言うみたいに少しにらんでくれた。

上のお兄さんが笑った。

わたしは自分の手の中の、小さなレースのような歯車を見つめながら、それが入っていたときのことを話した。

ふたりとも黙って、うなずいた。

「小さなときは、なかなか自分の気持ちで進むことはできない。でもこれからは違う。なんでもできるよ」

大きい方のお兄さんはそう言った。

三人は大きな美しい月を見上げた。


わたしは、ぽつりぽつり話し始めた。

昨日見た夢、それはね――……。


夜中過ぎ、目が覚め、いろいろ考えているうちになかなか眠れなくなった。

もう一度なんとか眠ろうと目を閉じると、瞳の奥になにかチカッと小さく光るものがあった。

なにかな、と近づいていく。

小さな光、瞬きがだんだん大きくなっていき、広がる。

それは、

「星」

ザーッと広がる星の瞬く空のもとに、わたしは立っていた。

地のところどころに水があり、その中にも星が瞬いていた。

天も地も、まるで世界全体が星の海のようだった。

足元の草は冷たく心地よい。

どこまでも続く星と草原の真ん中に、隣の家の人、作家の、あのふたりのお兄さんの祖父にあたられる方、が立っていた。

その人は、着物のたもとに腕を入れ、丸い眼鏡でずっと遠くを見ていた。

そして、

「あの向こう側から、じきに月が現れるのだよ。今日は一年で一番大きくてね、特に今宵はいつもと違う。美しいのだ。あそこまで行かなければね。ほら」

足元から続く先を見て、

「白い石が光っている。だから危なくないのだ。これを辿っていくといい」

そう言ってまた天を見上げた。

「初めて会ったとき君はね、まるで庭の木々の合間から現れた精のようだったと、家内が話していたよ。楽しそうにね。家の掃除をしているときに、木戸の手前の玄関戸を開けておいたら、その向こうに、植え込みの木々と光を背にして、すっと立っていたのだそうだ。『どうしたの？　遊びに来たの？　と声をかけてもなにも答えなくて、ただ黙って黒い瞳で見つめていて……。中にどうぞと招くと、とことこと入ってきて、少しの間座っていたかと思うと、次にはもう、ふうっといなくなっていたの。そのときは幻みたいだった』って言っていたよ」

思い出したように少し微笑んで、そして静かな目になった。

「悪かったね。子供の世界には本当は立ち入ってはならないのに——。大人たちはよいと思ってするのだけれど、でもそうとは言えないときがある。君たちの大切な世界、途切れさせてしまったね。わたしも家内も、ずっと悲しく思っていたんだよ」

わたしは、はっとしながら、そんなふうに思ってくれている大人がいたのだと感じ、静かに聞いていた。

耳に聞こえたというより、心で直接感じたのだった。

「ほら」

とわたしの服のポケットを指さしたので、手を入れると、ころんと小さなものに当たり、取り出すと、歯車だった。

「ここが始まりなのだ。ここから始めるんだよ」

そうだ。
この小さな古い真ちゅう色の歯車を押すと、
それは次のもう少し大きい歯車を押して、
さらにそのまた次の歯車を押して、
少しずつ大きくなっていき——……。

世界を動かしていくのだ。


顔を上げてお兄さんたちの祖父の方を見ると、いつの間にか近くに犬がいた。

ブルドッグだ。

それはいつかのあの牛乳屋さんの近くにいたブルドッグだった。

『ああ、そんなところにいたんだね。大きくなって』

「ワン」

目で言った。

わたしも答えた、目で。

お兄さんたちの祖父はかがんで、犬につながっているリードを持ち、

「行こうか」

と言うみたいに草の原の向こうの方へ歩いていった。

わたしは、星の空のもと、ふたりの後ろ姿をずっと見ていた。


あの小説家の方の言葉が何度も心の奥で響いている。


「悪かったね」

「歯車を押して」

最初は小さな歯車を押す。

カタン。

そしてそれはつながっていき、だんだんと大きくなっていく。
世界全体が変わるのだ。
ほらね、両側に、ふたりがいてくれる。
それはこんなに暖かく、うれしいこと。
合間から少し見えていた月、いつの間にか雲はなくなり、夜の海のような藍色の中、
とても大きく輝いていた。

こんな素敵な、

スーパームーンの夜に。

著者プロフィール

高科 幸子（たかしな ゆきこ）

愛知県出身・在住　O型　やぎ座　家族４人。
好きなもの・こと：自然なもの、不思議な自然現象、ものごとの観察、創意工夫、美術全般、民族音楽鑑賞、鉱物・化石、変わったもの集め
〈著書〉『風の吹く日に』（2010年1月、東京図書出版会）
『遠い日の詩《うた》』（2011年10月、文芸社）
『本当に大切なのは愛すること』（2013年8月、日本文学館）
『絵のない大人の絵本』（2014年6月、日本文学館）
『真昼の夢・青いネモフィラ』（2015年12月、文芸社）
『猫の回覧板』（2016年8月、文芸社）
『天《てん》の河《かわ》』（2017年2月、文芸社）
『水《みず》の郷《さと》』（2018年7月、文芸社）
『朱い鳥居』（2019年8月、文芸社）

スーパームーンの夜に

2020年６月15日　初版第１刷発行

著　者　高科 幸子
発行者　瓜谷 綱延
発行所　株式会社文芸社
〒160-0022　東京都新宿区新宿1－10－1
電話　03-5369-3060（代表）
03-5369-2299（販売）

印刷所　株式会社フクイン

ISBN978-4-286-21690-4